泰戈尔英文诗集全译

游女集

【印度】泰戈尔 著

李家真 译

中华书局

图书在版编目（CIP）数据

游女集/（印）泰戈尔著；李家真译. —北京：中华书局，2024.
8.—（泰戈尔英文诗集全译）. —ISBN 978-7-101-16660-6

Ⅰ. I351.25

中国国家版本馆 CIP 数据核字第 20249M5G97 号

书　　名	游女集	
著　　者	[印度]泰戈尔	
译　　者	李家真	
丛 书 名	泰戈尔英文诗集全译	
责任编辑	徐卫东	
装帧设计	毛　淳	
责任印制	陈丽娜	
出版发行	中华书局	
	（北京市丰台区太平桥西里 38 号　100073）	
	http://www.zhbc.com.cn	
	E-mail：zhbc@zhbc.com.cn	
印　　刷	三河市中晟雅豪印务有限公司	
版　　次	2024 年 8 月第 1 版	
	2024 年 8 月第 1 次印刷	
规　　格	开本/787×1092 毫米　1/32	
	印张 5　插页 2　字数 50 千字	
印　　数	1-6000 册	
国际书号	ISBN 978-7-101-16660-6	
定　　价	38.00 元	

爱悦的赤子之心

（代译序）

　　孟子说："大人者，不失其赤子之心者也。"孟夫子主张性善，所以说了不起的人，便是能保持纯良仁爱天性的人。朱子对这句话的解释是："大人之所以为大人，正以其不为物诱，而有以全其纯一无伪之本然。"顶得住外物引诱，守得住生命本真，的确当得起一个"大"字。朱子的讲法，孟夫子大约可以同意。

　　到了民国，王国维先生说，"词人者，不失其赤子之心者也"，以为诗人之可贵处，在于不为世故沧桑所转移，常常拥有一份真性情、真思想，其中显例便是"生于深宫之中、长于妇人之手"的李后主，因为他"阅世愈浅，则性情愈真"（《人间词话》），做国家领袖不行，做诗人却非常地行。

　　真性情固然是第一等诗人必有的素质，但若以阅世浅为前提，却不是十分令人信服。王先生这番议论之后没几年，我乡人兼同宗李宗吾先生又说，所谓赤子之心，便是小儿生来就有的抢夺糕饼之厚黑天性；保有这点"赤子之心"，便可以抢夺财富权力，甚至可以窃国盗天下。李先生所说本为滑稽讽世，而今日世界竞争惨烈，照字面搬用先生教诲的人好像不在少数。这样的"赤子之心"不能让人爱悦欢喜，反而容易使人惊恐畏惧，似乎并不太妙。

　　小时候捧读泰翁的诗，滋味十分美好，十分清新。本了不求甚解的古人遗意，那时便只管一味喜欢，从不曾探究原因何在。现在有幸来译他的诗，不得不仔仔细细咀嚼词句，吟咏回味之下，不能不五体投地，衷心赞叹这位真正不失赤子之心的诗人。

　　泰翁与王李二先生大抵同时，生逢乱世，得享遐龄，而且积极投身社会活动，可以说阅世很深。但是，他的诗里不仅有高超的智慧与深邃的哲思，更始终有孩童般的纯粹与透明。一花一木，一草一尘，在他笔下无不是美丽的辞章与活泼的思想，"仿佛对着造物者的眼睛"（《采果集》二一）。因了他的诗歌，平凡的生活显得鲜明澄澈，处处都是美景，让人觉得禅门中人说的"行住坐卧皆是禅"并非妄语。深沉无做作，浅白无粗鄙，清新无雕饰，哀悯无骄矜，泰翁之诗，可说是伟大人格与赤子之心的完美诠释。

以真正的赤子之心体察世界，时时可有风生水涌一般的惊异和欢喜。印度哲学家拉达克里希南（Sarvepalli Radhakrishnan，1888—1975）在《泰戈尔的哲学》(The Philosophy of Rabindranath Tagore，1918）当中写道："（包括诗歌在内的）艺术产生于忘我的喜悦，因此可以娱悦心灵，或者说创造欢乐，可以帮助灵魂跃出枷锁，与自身及外部世界达致和谐。"泰翁之诗，便是忘我喜悦生发的伟大艺术，好比一道道清泉，流过尘土飞扬的世路，滋润干渴枯焦的心灵，又好比一缕缕清风，吹去凡俗妄念的烟炱，让世界显露美好的本色。

　　只可惜对于我们来说，泰翁诗中的世界，委实是一个业已失落的世界。身处焦躁奔忙的现代社会，低头不见草木，举目不见繁星，佳山胜水尽毁于水泥丛莽，田园牧歌尽没于机器轰鸣。作为整体的人类，不仅已经自我放逐于伊甸园之外，更似乎永远失去了曾有的赤子之心。这样的我们，怎能不迷惑怅惘，茫茫如长夜难明，怎能不心烦意乱，惶惶如大厦将倾？

　　惟其如此，我们更要读泰翁的诗，借他的诗养育心中或有的一线天真。读他的诗，我们或许依然可以逃开玻璃幕墙与七色霓虹映现的幻影，从露水与微尘里窥见天堂的美景；读他的诗，我们或许依然可以从喷气飞机与互联网络的匆匆忙乱之中，觅得一点生命的淡定与永恒。

　　这个集子囊括了泰翁生前出版的全部九本英文诗集。大体说来，《献歌集》(*Gitanjali*，1912) 是敬献神明的香花佳果，《园丁集》(*The Gardener*，1913) 则如泰翁短序所说，是"爱与生命的诗歌"；《新月集》(*The Crescent Moon*，1913) 是对纯真孩提的礼赞，

《采果集》(*Fruit-Gathering*，1916)主题与《献歌集》约略相似，笔调则较为轻快；《彤管集》(*Lover's Gift*，1918)讴歌爱情不朽，《渡口集》(*Crossing*，1918)冥思彼岸永恒；《游女集》(*The Fugitive*，1921)题材形式最为多样，醇美亦一如他集，至于《游鸟集》(*Stray Birds*，1916)和《流萤集》(*Fireflies*，1928)，则都是有似箴言的隽永小诗。

实在说来，我以为泰翁的诗章只有一个主题，那便是大写的"爱"——爱自己，爱他人，爱万物，爱自己与万物共处的这个泱泱世界。就连泰翁笔下的神明，也从不显得孤高绝俗，仅仅是一颗时或忐忑的炽烈心灵，热爱凡人，也渴望凡人的爱。

真正的诗歌，岂不都是以"爱"为永恒的主题？大程夫子的"万物静观皆自得，四时佳兴与人同"，与泰翁的"岸边搁浅的我，才听见万物的深沉乐音，才看见天空向我袒露，它繁星点点的心"(《彤管集》三八)，吟咏的岂不是同一种爱？泰翁竭力践行这样的爱，不辞山长水远，"最迢遥的路线，才通向离自己最近的地点；最繁复的习练，才使曲调臻于极致的简单"(《献歌集》一二);竭力以自己的存在,使世界变得更加可爱,"我写下的诗篇,已经使他们的花朵分外娇艳,我对这世界的爱,已经使他们对世界爱意更添"(《游女集》卷三,三二)。

泰翁的诗歌,对我国读者来说格外迷人,是因为我们浸润着"天人合一""民胞物与"的传统,格外容易与诗中妙谛产生默契。这不是泛神的迷信,而是深沉的爱与慰藉。昔人说"我见青山多妩媚,料青山见我应如是",今日的青山,依然予我们脉脉的关怀,是我们,自弃于青山之外。

泰翁的诗歌带有浓重的理想主义色彩,极个别语句仿佛有说教的气息,然而在我看来,这并不能算是泰翁诗歌的瑕疵。泰翁曾在演讲及随笔集《创造的和谐》(*Creative Unity*,1922)当中写道:"人不是偶然游荡在世界宫殿门前的区区看客,而是应邀赴宴的嘉宾,只有在人到场列席之后,宫殿里的盛宴才能获得它唯一的意义。"泰翁对人性寄予甚高的期许,因为他相信人是造物主的巅峰杰作。无论这是否事实，生而为人的我们，确实应当对自己有更高的期许，即便我们并不是尘世冠冕上的明珠，还是不妨对自己多加琢磨，使自己的生命，放射尽可能璀璨的光华。

这是人存在的意义，也是人存在的责任。

是为序。

二〇〇九年九月十一日初稿
二〇一八年五月七日增订

游女集

*

据麦克米伦公司一九二一年版
译出

本集首次出版于 1921 年，英文标题为"The Fugitive"。"fugitive"这个词（字面意思是"逃亡者"或"难以企及之物"）在集中只出现了一次，即第一首当中的"Eternal Fugitive"。这个"Eternal Fugitive"以女性的面貌出现，有的外国学者认为它代表"永难企及之物的诱惑"，有的认为它代表"生命的未实现渴求"，还有的认为它可以代表"某种宇宙力量""女神""时间"或"沙克提"（Shakti，神圣女性的创造力/生殖力）。译者根据诗中意象，参照前述各种说法，取《诗经·周南·汉广》"汉有游女，不可求思"之意，将本集标题译为"游女"。《汉广》中的"游女"或说指凡间女子，或说指汉水女神，总之代表求之不得的渴望。

——译者注，以下同

我定会将你乌黑的眼睛，认作两颗璀璨的晨星，却
又会觉得你的星眼，属于久已忘却的前世暮天。

题献

献给威·温·皮尔森

威廉·温斯坦利·皮尔森（William Winstanley Pearson，1881—1923），英国牧师及教育家，曾在泰戈尔创办的学校任教，并曾担任泰戈尔的秘书，陪同泰戈尔游历日本和欧美。

目　录

卷　一

一

永恒的游女啊，你无踪无影，顾自飞奔；死水般的空间，随着你无形的脚步，荡起波光粼粼。

永恒的爱人，在他无量的孤寂里呼唤你；你的心是否为他所困，渴望着与他相聚？

你缠结的发辫纷纷披散，好似狂风暴雨；你走过的道路落满火焰的珠子，仿佛你项链已经碎裂——这般情状，是否只是因为，你脚步太过匆促，心情太过焦急？

你摧枯拉朽的迅疾步履，亲吻此世的尘土，令尘土芬芳馥郁；你翩跹的肢体掀起风暴，为生命洒下死亡的甘霖，令生命焕发青春。

若是你突有倦意，稍停瞬息，世界会轰然化作一堆瓦砾，封住它自己前行的道路；哪怕是最微细的沙粒，也会在无法忍受的窒闷中爆发，划过无垠的天际。

光明的脚镯，环着你无形的双足；脚镯的丁当韵律，催发我思维的活力。

这韵律融入我心脏的脉息；远古海洋的诗篇，在我的血管中涌起。

我听见咆哮的洪水滚滚流泻，使我的生命随波转徙，历经万千世界，寄寓万千形体，使我的存在迸裂四散，领受浪花般的无尽赠礼，领受无尽的欢歌与悲泣。

我的心啊，疾风掀起巨浪，船儿踊跃起舞，正像你自己的渴望！

扬帆起航吧，将你的聚敛抛在岸上，驶入深不可测的黑暗汪洋，驶向无限的光。

二

朋友啊，我们同行一路，走到这十字路口，容我稍停脚步，与你道别分手。

你的前路宽广笔直，我听见的声声召唤，却来自未知之域。

我会追随清风与流云，会追随满天繁星，去往群山背面，曙光诞生的地点，我会追随心中有爱的人们——他们且歌且行，用"我爱"的歌声之线，将他们的日子串成花环。

三

天光渐暗之时，我问她："我来到的这片陌生土地，到底是哪里？"

她只是垂下眼睛，默然离去；她水罐中的清水，随她的脚步汩汩低语。

河岸树影幢幢，眼前的这片土地，仿佛已没入往昔。

河水无声无息，竹林幽暗静寂，小巷里传来手镯碰击水罐的声响，丁丁当当。

我不再划桨，把小船系在树上，因为我喜爱这里的景象。

昏星落到神庙穹顶背后，大理石埠头白光幽幽，映照黑沉沉的水流。

误了行程的旅人，纷纷长吁短叹，因为路旁的参差树丛后面，看不见的窗扉纷纷点起灯盏，灯火透过交错的树枝，化作黑暗里的零落光点。那只手镯，依然碰得水罐丁丁当当；那渐行渐远的脚步，依然在落叶满地的小巷，窸窣作响。

夜色渐深，宫殿的塔影好似幽灵；倦怠的城镇，发出嗡嗡的呻吟。

我不再划桨，把小船系在树上。

容我歇在这陌生的土地，昏昏然躺倒在星空下面，倾听那手镯碰击水罐的丁当声响，如何震动黑夜的心弦。

四

噢，但愿我心里藏有秘密，好似夏云含蕴霖雨——但愿我有个秘密，缄封在沉默的包裹，我好携着它四处漂泊。

噢，但愿我有个知己，我好在流水轻轻拍岸的地方，在晒着太阳打盹的树丛底下，悄声倾诉我的衷肠。

这黄昏静寂无声，仿佛在企盼足音；你忽然开口询问，我为何泪光莹莹。

我说不出我为何哭泣，因为我哭泣的理由，是我尚未知晓的秘密。

五

就这么一次，畏怯的旅人啊，彻底抛开你的谨慎，彻底迷失你的道路吧。虽说你心明眼亮，也不妨效仿那亮晃晃的天光，接受迷雾的诱惑，堕入迷雾的网罗。

千万别刻意避开，迷失心灵栖居的花园，花园就在歧路的尽头，等待着你的到来——那里的茵茵草地，凋残的红花四处散落；那里的大海动荡不宁，腾起绝望的水波。

你守着你用疲惫岁月换来的积蓄，虚度年华几许。任你的积蓄一举荡尽吧，什么也不留下，只留下空无一物的胜利，满盘皆输的胜利。

六

两只小小的赤脚，匆匆掠过地面，仿佛在印证那个比喻，"花朵是夏天的足迹"。

它们将自己的冒险经历，轻轻地印在尘土里，等着那路过的微风，将印迹轻轻抹去。

这双纤小的赤脚啊，来吧，游荡到我的心里，在我梦境的小路，留下永不磨灭的歌谱。

七

小小的花儿啊，对你而言，我就如夜晚一般。

我能给你的只有静谧，还有一份默默的守望，潜藏在黑暗里。

等你在清晨睁开双眼，我就会和你告别，把你交给蜂鸣鸟啭的世界。

我送你的最后一件礼物，将会是一滴泪珠，落在你青春岁月的深处。它会让你的微笑更加柔美，会化作你面前的一层薄雾，使得你眼中的白昼欢闹，不那么无情刺目。

八

别站在我的窗前，眼巴巴讨要我的秘密。我的秘密，不过是一枚小小的石子——闪耀的光芒是痛苦的结晶，血红的纹理是激情的印迹。

你用双手捧来什物，准备扔进我面前的尘土；你的手里，到底是什么赠礼？

我担心一旦收下礼物，便会背上无穷的债负，哪怕我失去所有一切，也无法清偿了结。

别站在我的窗前，带着你的青春与花朵，羞辱我生命的窘迫。

九

　　我若是生在迦梨陀娑供奉御前的时代，在王城邬阇衍那安居，定然会结识一位摩腊婆女子❶，心里装满她音乐般的名字。她会透过倾斜眼帘的幽幽暗影，偷偷送来秋波一转，会任由素馨花❷钩住她的面幕，好在我近旁片刻流连。

　　这般韵事，确曾发生在遥远的往昔，只可惜光阴的落叶，盖住了往昔的辙迹。今天的学者，为日期争斗不息，日期却扑朔迷离，跟他们玩捉迷藏的游戏。

　　我绝不心碎黯然，缅怀飞逝的万千世纪，可是我叹了又叹，叹那些摩腊婆女子，随岁月一同远去！

　　不知道她们用花篮，将那些随着御前诗人的诗篇，轻轻抖颤的日子，拎去了哪一重天？

　　这个清晨，我心里装满沉甸甸的遗憾，只因为我生也晚，无缘与她们相见。

　　所幸四月重来，曾装点她们发鬓的花朵再度盛放，曾使他们面幕飘舞的南来和风，也在今朝的玫瑰花丛低唱。

实在说，今春并不缺少欢乐，哪怕迦梨陀娑不再作歌；而我深知，他若是能从诗人的天国窥看我，他的心里，也不免燃起妒火。

一〇

我的心啊，别揣度她的心，由她的心留在暗处吧。

倘若她的美只在形貌，她的笑只在脸面，那便如何是好？就让我不思不疑，接受她秋波的浅表意义，就让我到此为止，称心满意。

---

❶迦梨陀娑（Kālidāsa，亦作 Kalidas）为古印度诗人及剧作家，代表作为《沙恭达罗》（*Abhijñānaśākuntala*），生平不详，学者们一般认为他生活在公元五世纪，住在邬阇衍那（Ujjayani）附近。邬阇衍那即今日印度西北部城市乌贾因（Ujjain），该城自古即是摩腊婆地区（Malwa）的政治文化中心。根据一些印度古籍的记载，迦梨陀娑可能曾是笈多王朝（Gupta Empire）第三位君主超日王（Chandragupta Vikramaditya，380？—415？年在位）的御前诗人。

❷"素馨花"原文为"jasmine"，泛指木犀科素馨属（*Jasminum*）的各种植物，比如茉莉。

我不在意她环抱我的双臂，是否只是欺瞒的罗网，因为罗网本身华美珍贵，欺瞒尽可一笑而忘。

我的心啊，别揣度她的心，曲调真实便可满足，哪怕歌词不足取信。这曼妙的身姿好似莲花，翩跹在动荡幻变的水面，只管欣赏吧，别去想水下又是哪般。

一一

广延天女❶啊，你不为人母，不为人女，不为人妻。你只是女人，俘虏天国心魂的女人。

当脚步疲沓的黄昏，降临牛羊已归的畜栏，你从不会剔亮家里的灯，从不会一边庆幸黑暗时辰带来的隐蔽，一边带着一颗颤颤的心，还有唇边的怯怯笑意，走向新婚的床寝。

广延天女啊，你好比曙光一般❷，从不需面幂遮掩，从不会腼腆羞赧。

你诞生于光华漫溢的阵痛，那一刻的辉煌，谁能想象？

第一个春天的第一个日子，你从众神搅动的大海中升起❸，右手擎着生命的壶觞，左手端着穿肠的毒浆。狂暴的大海，像一条被乐声催眠的巨蟒，俯下它的千万颗蛇头，拜倒在你的身旁。

你无瑕的容光从浪花中涌现，如素馨一般洁白，如素馨一般裸袒。

广延天女啊，永恒的青春，你可曾有娇小羞怯的往昔，可曾有含苞未放的时辰？

❶广延天女（Urvashi）是印度神话中的女神，天界舞女飞天女神（Apsaras）中最美的一位。"Urvashi"的字面意义一说为"弥漫四方"，一说为"主宰他人心魂的女子"。与广延天女有关的传说之一，见于迦梨陀娑剧作《侠王与广延天女》（Vikramōrvaśīyam）。

❷在印度神话中，广延天女有时混同于曙光女神乌莎（Usas）。

❸关于各位飞天女神的诞生，说法之一是"搅乳海"（Churning of the Milky Ocean）神话。神话的相关情节是众神为获取永生甘露而合力搅动乳海，以须弥山为搅杆，以蛇王婆苏吉（Vāsuki）为缠绕搅杆的绳索。翻腾的乳海涌出各种神女和珍宝，其中包括永生甘露和美丽善舞的飞天女神。搅海过程之中，婆苏吉曾吐出足可毒死一切生灵的毒液。

你可曾沉睡不醒，安躺在湛蓝夜色的摇篮，任由宝石的奇异光影，辉映珊瑚海贝，辉映形如梦幻的游弋生灵，直至白昼来临，照见你堂皇盛大的花容？

一切时代的一切男子，都为你心醉神迷，广延天女啊，永无止境的奇迹！

你秋波一转，世界便在青春的苦痛中抖颤；苦行的隐士，将清修的果实供在你的脚边；诗人的歌行蜂拥而来，绕着你的芬芳嗡嗡盘旋。当你的双足携着忘忧的欢愉，飞快地奔向远方，就连那虚空的风儿，也为你脚镯金铃的丁当声响，黯然心伤。

广延天女啊，当你为众神献舞，在太空中荡起，一圈圈新奇韵律的涟漪，大地便随之震颤，绿叶青草与秋日田畦，便随之起伏辗转，大海便掀起应和的狂澜，珍珠一般的群星，便脱出你抖动断裂的项链，纷纷洒落天边，突然沸腾的热血，便在人们的心里翻跶。

广延天女啊，你是天界梦乡的顶峰，第一缕破晓的晨曦，你使得天空悸动，跃跃欲试。世界用自己的泪水，濯洗你的肢体；你用世界心里的鲜血，染红你的双足❶。广延天女啊，你足尖轻点，站上那随波摇摆的欲望之莲；你亘古不息，在那无涯的心灵里嬉戏——那里是造物主的狂乱梦想，分娩的产床。

一二

你，像一条百转千回的湍急小河，且笑且舞，步步欢歌。

我，像一堵乱石嶙峋的陡峻堤岸，默然伫立，纹丝不动，阴郁地注视着你。

我，像一场庞大臃肿的愚钝风暴，突然间猛冲向前，想撕碎自己的生命，把碎片在激情的漩涡里

---

❶印度女子有用红色颜料染脚以为装饰的习俗，可参看《园丁集》第一首当中的诗句：“只求您准我，用无忧花瓣的红汁涂染您的脚底……”

抛散。

你，像一道纤细修长的锐利闪电，将喧腾黑暗的心脏刺穿，伴着一缕鲜亮爽朗的笑声，消失不见。

一三

你不爱我，却想要我的爱。

所以我的生命，像锁链一般将你捆绑，你越是使劲挣脱，它越是锵锵乱响，紧箍不放。

我的绝望，变成你索命的侣伴，竭力攫取你最菲薄的恩赏，想把你拖进泪水的深渊。

你打碎我的自由，又用我自由的残片，筑起你自己的监房。

一四

我欣慰，因为你不会为我苦苦等待，不会让你的面容，写满无法排遣的悲哀。

泪水涌到我的眼里，仅仅是因为夜色的蛊惑，因为我道别言辞的语气，绝望得令我自己错愕。但天色终将破晓，我的眼终将不再泪水涟涟，我的心终将不会再有，悲泣的空闲。

忘记又有何难？

死亡的慈悲，在生命的内核流转，让生命暂得休憩，放下它愚痴的贪恋。

狂暴的海洋，终于安睡在晃动的摇篮；熊熊的林火，终于在灰烬的床榻入眠。

你和我行将离别；在阳光里欢笑的青草野芳，会将分隔你我的沟壑，深深掩藏。

一五

你偏偏选在这一天，来参观我的花园。

昨夜的风暴横扫我的玫瑰，草地上满是败叶残枝。

我不知你为何而来，如今我园中篱墙倾圮，小径上潦水纵横；春天的丰厚家资，已抛散不见踪影；昨日的芳馨与歌曲，也已扫地俱尽，不留余痕。

但你不妨稍留片刻，容我找来残花几朵，虽然我园中所剩无多，恐怕装不满你的裙角。

你无需久久等待，因为乌云四合，暴雨就要重来！

一六

我一时忘记自己，所以来找你。

但请你抬起双眼，好让我知道你的眼里，是否残留着往日的痕迹，是否像雨后的天际，残留着苍白的云翳。

请权且忍我一时，若是我忘记自己。

玫瑰依旧藏在花蕾里，还不知这个夏季，我们为何没了采花的兴致。

晨星一如往日，在沉默中不停闪烁；晨曦一如往日，堕入你窗前树枝的网罗。

我一时忘记今非昔比，所以来找你。

我忘记我袒露心怀之时，你曾否移开视线，使得我羞愧难言。

我只念记你颤抖的唇边，欲言又止的话语，只念记你乌黑的眼里，闪过的浓情影子——它好似暮归的鸟儿，那飞掠的双翼。

我忘记你不再念记，所以来找你。

一七

急雨倾盆，飞奔的河水声声嘶鸣。我守着一堆稻捆，在岛上独自等待，河水蚕食鲸吞，我脚下的地面越来越窄。

一只小船，划出对岸的朦胧暗影，把舵的是个女人。

我冲她高喊："饥饿的河水，将我的小岛团团围困；快来吧，载去我一年的收成。"

她来了，载上我所有的稻捆，一粒也不剩。载上我吧，我向她如是求恳。

她却说："不行。"——船上载满了我的赠礼，再没有我的容身之地。

一八

黄昏在向我招手，我巴不得追随那些旅人，乘上落潮时的末班渡船，横越黑暗的水面。

他们有的是要回家，有的要去彼岸，但他们都已起航，不畏前路艰险。

唯有我孑然一身，埠头默坐，家园已是抛舍，渡船已是错过——夏日一去不返，冬季的收成也已失落。

我静静等待，那份爱的到来——它会将所有的挫败拢在一起，和着泪水撒播在黑暗里，让它们在曙光重来之时，结出果实。

一九

河的这边没有埠头，从不见汲水的姑娘。沿河的滩涂，长满乱蓬蓬的矮小灌木。陡峻的堤岸皱眉蹙额，绝不给渔船任何荫庇，倒是有一群闹喳喳的家八哥❶，在峭壁上挖洞做窝。

你坐在人迹罕至的草地，早晨的时光渐渐流逝。告诉我，你来这焦干皴裂的河岸做什么？

她看着我的脸，对我说："不做什么，什么也不做。"

河这边的堤岸荒凉冷清，从不见饮水的牛群。只有几头村中跑来的离群山羊，整日啃啮稀稀拉拉的青草，还有一只孤零零的鱼鹰，在一棵栽倒泥涂的菩提树上守望。

你独自坐在木棉的疏落树荫里，早晨的时光渐渐流逝。

告诉我，你在等谁？

她看着我的脸，对我说："不等谁，谁也不等！"

❶ "家八哥"原文为"*salik*"，指广布于亚洲各地的椋鸟科八哥属鸟类家八哥（*Acridotheres tristis*）。

二十

云发与天乘[1]

（年轻的云发离开神族居住的乐园，去智者那里讨教还魂之术。智者是巨人族的师尊，智者的女儿天乘爱上了云发。）

云发：天乘啊，我向你道别的时间到了。我坐在令尊脚下学道多年，如今已尽得他的真传。恳请你惠然允许，准我返回神族的国土，返回我出身之地。

天乘：你已经所愿得偿，学到神族觊觎的无上秘术。请你再想一想，心里可还有别的期望？

云发：没有。

天乘：一个也没有！扎进你心底找找吧。难道你的心底，没藏着一丝一缕，生怕破灭的怯怯希冀？

云发：对我来说，圆满的旭日已经升起，日光将群星悉数掩蔽，因为我已经掌握，起死回生的奥秘。

天乘：既然如此，你想必是芸芸众生之中，最幸福的一位。唉！到现在我才恍然大悟，在异乡度过的这些日子，对你来说是怎样的煎熬，虽说我们倾尽所有，竭力满足你的需要。

云发：别这么怨气腾腾！笑一笑吧，准许我踏上归程。

天乘：笑一笑！朋友啊，这里可不是乐园，可不是你的故乡。在我们的世界里，笑容可没有那么便宜——这里的焦渴像花蕊中的虫子，啃啮着心灵的果核；这里的未了心愿，围绕着心中所愿不住盘旋；这里的记忆，为消逝的欢愉痴痴叹息，永无休止。

云发：天乘啊，你说说，我哪里得罪了你？

天乘：这林子慷慨赠给你树荫与歌曲，关照你这么多年，难道你能够飘然离去，了无眷恋？难道

❶这部短剧是泰翁根据印度史诗《摩诃婆罗多》（*Mahābhāratam*）当中的神话故事情节编写的；人物译名取自中国社会科学出版社的《摩诃婆罗多》中译本。为方便西方读者理解，泰翁改变了印度神话中的一些称谓，比如把"提婆神族"（Devas）改为"神族"（Gods），"阿修罗神族"（Asuras）改为"巨人族"（Titans）。

你未曾察觉，风儿在林间的闪烁光影里哭喊，枯叶像死去希望的魂灵，在空中不停飞旋？难道你未曾察觉，唇边带笑的只有你，只有狠心抛下我们的你？

云发：这林子是我的再生之母，我在这林子脱胎换骨。我对这林子的爱，永远不会减衰。

天乘：你把牛赶进草场之后，那棵榕树❶曾铺开好客的凉席，好让你躲过正午的炎热，休养倦乏的肢体。

云发：林中之主啊，我向你躬身致敬！当我的同门和着蜂鸣与叶声，在你的荫凉里诵经，愿你依然记得，我与你相伴的时辰。

天乘：你也别忘了我们的贝努摩提河，它迅疾的水流，是一曲滔滔不绝的爱歌。

云发：我会永远记得它，记得这异乡岁月的亲密伴侣——它像个忙忙碌碌的村姑，嘴里哼着简单的歌曲，笑吟吟地操持，永无休止的家务。

天乘：朋友啊，容我提醒你一句，你还有一个伴侣，她的心为你枉自操劳，想让你忘记身为异客的焦虑。

云发：对她的记忆，已经与我的生命融为一体。

天乘：我记得你初来之日，还只是一个孩子，你站在花园的篱墙边，眼睛里带着笑意。

云发：那时我看见你，正在将鲜花采集——衣衫洁白的你，好似光华漫溢的朝曦。于是我说："请恩准我帮你采花，赐予我这份荣幸吧！"

天乘：我惊讶地询问你的来历，你恭敬地回答我的问题，说你是祭主仙人的儿子，令尊是神王因陀罗❷宫中的智者，说你想拜我父亲为师，学习起死回生的秘诀。

云发：那时我担心师傅，不收我这个门徒，因为他是巨人族的师尊，巨人族是神族的敌人❸。

❶ "榕树"原文为"banyan"，指桑科榕属乔木孟加拉榕（*Ficus benghalensis*）。孟加拉榕原产印度次大陆，为印度国树。

❷根据《摩诃婆罗多》当中的神话故事，祭主仙人（Vrihaspati，亦作 Brihaspati）是提婆神族（诗中的"神族"）的师尊，因陀罗（Indra）是提婆神族的首领。

❸据《摩诃婆罗多》所说，天乘的父亲太白仙人（Sukracharya）是阿修罗神族（诗中的"巨人族"）的师尊，而阿修罗神族是提婆神族的夙敌。

　　天乘：可他爱女心切，所以我帮你求情，他便只好答应。

　　云发：妒忌的巨人族杀死我三次，三次你央求令尊救我还魂；我对你的感激，永无终结之日。

　　天乘：感激！你只管忘掉你的感激，我绝不为此悲戚。难道你的心，记得的只有恩情？让恩情见鬼去吧！倘若在日间功课结束之后，寂寞的黄昏时分，曾有一丝奇异的喜悦颤抖，震动你的心魂，那你倒不妨记取，就是别心怀感激。倘若在某人经过之时，曾有一缕歌声淆乱你书中的字句，或是有一角飘摆的裙裾，让你的修习荡起欢腾的涟漪，希望你会在乐园里的闲暇时分，记起这样的光景。什么，只有恩情！没有美，没有爱，也没有……？

　　云发：有一些事情，言语无法说清。

　　天乘：是啊，是啊，我明白。我的爱已经探知，你心底的隐秘，所以我大胆表白，哪怕你金口难开。永远别离开我！留下吧！声名带不来幸福。朋友啊，你已经无可逃避，因为我知悉你的秘密！

　　云发：不行，不行啊，天乘。

　　天乘：怎么叫"不行"？别对我说假话！爱的

眼力，没什么不能洞察。一天又是一天，你瞥视的眼波，你扬头的姿态，你双手的动作，全都在诉说你的爱，像大海用波涛诉说心怀。我突然说出的话语，会让你心儿颤抖，全身战栗。这般情景，难道我不曾亲眼目睹？我知道你的心，所以你永远是我的俘虏。就算是你的神王，也割不开这张情网。

　　云发：天乘啊，我抛舍亲族与家园，苦修这么多年，难道是为了这个？

　　天乘：为这个不好吗？难道说珍贵的只有法术？难道说爱情一文不值？请你好好把握此刻良辰，勇敢地承认，女人的心不亚于权势、法术与声名，也值得男人苦苦追寻。

　　云发：我曾向神族立下重誓，一定会为他们带回不死之秘。

　　天乘：可是你的眼里，果真只有经籍？莫非你果真埋头修习，从不曾中断课业，用鲜花讨我欢喜，从不曾在黄昏苦苦等待，寻觅帮我浇花的良机？当夜幕垂落河岸，像爱意垂头冥想它无声的哀怨，你为何陪我坐在草地，唱起你从星空带来的歌曲？难不成这也是，你们在乐园里谋划的无情诡

计？难不成桩桩件件，都只是为了钻进我父亲的心
扉？难不成你打算功成身退，临行时念叨几句廉价
的感激，像扔下几枚小小的硬币，打发这受骗上当
的门子？

云发：骄傲的姑娘啊，穷究根柢，于你又有何
益？要说我不该辜负你，不该把爱你的浓情深藏心
底，那我早已为我的罪行，领受了足够的苦刑。眼下
没时间究诘，我的爱是假是真；我毕生的事业，正
等着我去完成。虽然说从此以后，我心里会腾起彤
红的烈火，徒然地想把空虚吞没，可是我终须回返，
于我已不再是乐园的乐园。我必须用我苦修的成就，
给神族新添神通一种，然后才有权思谋，我自己幸
福与否。原谅我吧，天乘，要知道我无奈之下带给
你的苦痛，已经使得我自己的痛苦，加倍深重。

天乘：原谅！你使我怒不可遏，使我的心坚
如铁石，化作雷电的烈火！你可以回去完成你的事
业，赢来荣名赫赫，留给我的又是什么？记忆会变
成一张荆棘的床寝，隐秘的羞耻会噬咬我生命的本
根。你像过路人一样来到此地，坐进我花园的荫
凉，度过烈日炎炎的辰光；你采下所有的花朵，编

成花环一串，借此打发时间。如今你行将别去，便一把扯断丝线，任花朵坠落在尘土里！我诅咒你学到的神妙法术！愿它成为你沉重的包袱，分量永不消减，哪怕有人与你分担。缺少了爱的支撑，愿它与你的生命永远无缘，就好比冷冷的寒星，永远也不会照临，处子夜晚的孤寂黑暗！

二一

（一）

"你为何没完没了，做这些准备安排？"我问心灵，"难道是有人要来？"

心灵回答说："我正在收集材料，起造高楼广宇，我忙得不可开交，没工夫回答这等问题。"

我乖乖退回原地，应付我自己的差使。

材料积成山丘，心灵的殿宇有了七厢的规模，于是我问他："难道这还不够？"

心灵开口说道："还不够容纳——"跟着便打住话头。

"不够容纳什么？"我继续追问。

心灵装聋作哑，不肯应声。

我怀疑心灵自己也不知情，只能借无休止的工作淹没疑问。

他的口头禅只有一句："我必须准备更多。"

"为什么？"

"因为它其大无比。"

"什么东西其大无比？"

心灵缄口不言，我催促他给我答案。

他又是轻蔑又是气恼，开口说道："你为何究诘不着边际的问题？还是去操心你眼前的大事情吧，去操心搏杀与抗争，武备与军兵，砖块与砂浆，还有那不计其数的劳苦众生。"

我暗自思忖："心灵的言语，也许确有见地。"

(二)

日子一天天过去，心灵的殿宇，一厢接一厢地建起；心灵的疆域，揽下一片又一片土地。

雨季已过，乌云变得洁白纤薄，明媚时辰盘旋在雨洗蓝天，好似蝴蝶翩跹，围绕着看不见的花朵。我不明所以，逢人便问："飘扬在微风里的，到底是什么乐曲?"

路上走来一个流浪汉,衣着跟举止一样怪诞。他对我说:"听哪,那是来者的乐曲!"

我不知我为何信以为真,只知我确实脱口而出:"如此说来,我们无需久等。"

"来者已近在眼前。"这疯汉如是宣称。

我跑去心灵工作的场所,大着胆子吩咐心灵:"停下所有的工作!"

心灵问道:"有什么消息么?"

"有的,"我回答道,"有来者的消息。"可惜我说不明白,这消息的来龙去脉。

心灵摇着头说:"没看见来者的旌旗,仪仗也杳无踪迹!"

(三)

夜色阑珊,星光黯淡。晨曦的试金之石,突然把万物涂得金光灿灿;一声呼喊,在四方口口相传——

"来者的前驱到了!"

我俯首致敬,开口问道:"他来了么?"

回答好似决堤之水,从四面八方涌来:"来了。"

心灵又急又恼，开口说道："殿宇的穹顶尚未盖好，一切都乱七八糟。"

天空中传来一个声音："推倒你的殿宇！"

"为什么？"心灵问道。

"因为今天是来者驾临的日子，你的殿宇挡路碍事。"

（四）

巍峨的殿宇坍塌在尘土里；一切都土崩瓦解，散落一地。

心灵左顾右盼，可他的眼前，又能有什么可看？

有的只是晨星一颗，和一枝露水洗濯的百合。

还有呢？有个孩子离开母亲的怀抱，跑进敞亮的晨光，边跑边笑。

"他们说今天是来者驾临的日子，难道只为这件小事？"

"是的，就为这件小事，他们才说天上有光明，风中有乐曲。"

"他们征用整个大地，难道只为这件小事？"

"是的，"回答再次响起，"心灵啊，你筑起高墙囚禁自己，你的仆从也孜孜不懈，竭力把自身变成奴隶，可是这整个的大地，还有那无际的天穹，都属于这个孩子，属于新的生命。"

"这孩子能给你什么？"

"整个世界的希望和欢乐。"

心灵问我："诗人啊，你懂了么？"

"我已经撤下我的差使，"我答道，"因为我必须腾出时间，好参透其中道理。"

二二
译自毗湿奴派❶圣歌

（一）

闺中知己啊❷，我的悲伤漫漫无边。

---

❶毗湿奴派（Vaishnavism）是印度教主要分支之一，奉毗湿奴（Vishnu）为最高神祇。

❷"闺中知己"原文为"Sakhi"，应是梵文词汇 सखि（意为"朋友""助手""同伴"等）的英文转写。本集原注说"Sakhi"的意思是"女子的女性朋友"。

八月来临，雨云满天，我的家满目萧然。

暴风在天空里咆哮，潦水在大地上泛滥，我的爱远在他方，我的心被痛苦撕成碎片。

孔雀翩跹，应和那乌云轰隆，蛙声不断。

黑暗注满夜的杯盏，电光倏忽闪现。

毗达帕蒂[1]问道："女子啊，夫君不在身边，你如何消磨昼日夜晚？"

（二）

今晨我幸而醒觉，得见我爱人的容颜。

天空化作无涯欢悦，我的生命与青春，皆得完满。

今天我的家园，才真正是我家园；今天我的身体，才真正与我无间。

运命终不负我，我的疑问烟消云散。

鸟儿啊，唱出你最动听的诗篇；月儿啊，洒下你最柔美的光线！

爱神啊，松开你的弓弦，射出万千飞箭！

我等待那个瞬间，等待我爱人用他的触碰，令我的身体金光灿灿。

　　毗达帕蒂说道："你的幸运无量无边，你的爱沐浴神恩无限。"

（三）

　　我觉得我的身体，化在我爱人踏过的尘土里。

　　我觉得我与他洗浴的湖水，合二为一。

　　闺中知己啊，当我与他相遇，我的爱便跨越死亡的限阈。

　　我的心融入阳光，融入他照影的镜子。

　　每当他挥动扇子，我便与空气一起流动，亲吻他的身体；无论他漂泊何地，我都像天空一样，将他揽在怀里。

❶毗达帕蒂（Vidyapati，1352—1448）为印度诗人，对孟加拉语文学及泰翁本人影响很大。本集原注说毗达帕蒂是这首诗的作者。另据《泰戈尔英文著作全集》（*The English Writings of Rabindranath Tagore*，1994）编者所说，下一首诗的作者也是毗达帕蒂。

哥文达达斯[1]说道："美丽的姑娘啊，他是那无价的翡翠，你是那黄金的托子。"

（四）

爱人啊，我会把你珍藏在我的眼底，会用我喜悦的丝线，穿起你宝石般的丰姿，挂在我的胸前。

你在我心里的存在，从我的童年开始，贯穿我青春的时日，贯穿我整个的人生，甚至贯穿，我所有的梦境。

你在我生命里盘桓，无论我是醒是眠。

你体谅我身为女子，容忍我所有错失。

我已反复思量，并已确信不疑，这世间留给我的，只有你的爱意，我若是失去你，便会即刻死去。

昌迪达斯[2]说道："请你善视，这生死都属于你的女子。"

（五）

"卖水果啊，卖水果。"女子在门口吆喝。

孩子从屋里走出来。

"给我些水果吧。"孩子一边说，一边把一把米，放进女子的提篮。

卖水果的女子凝视孩子的脸，霎时间泪涌如泉。

"谁是那位幸运的母亲?"女子高声叫喊，"谁曾将你紧抱在怀里，用乳汁喂养你? 你用你甜美的声音，将谁唤作'母亲'?"

"把水果献给他吧，"诗人说道，"连同你的生命。"❸

❶哥文达达斯（Govindadas，亦作 Govindadasa，1535—1613）为印度诗人，写有大量献给印度教大神克利须那(Krishna，即"黑天"，毗湿奴的化身之一)的颂诗。据《泰戈尔英文著作全集》编者所说，哥文达达斯是这首诗的作者。

❷昌迪达斯（Chandidas）写有大量赞颂克利须那的诗作，这个名字指的可能是一位古印度诗人，也可能是几位，这位或这些诗人生活的年代可能是十四世纪。据《泰戈尔英文著作全集》编者所说，昌迪达斯是这首诗的作者。

❸据《泰戈尔英文著作全集》编者所说，这首诗的作者是十八世纪印度诗人伽纳罗摩·达萨（Ghanarama Dasa）。

卷　二

一

瑰丽多姿之女啊，你栖居在丰盈繁盛的世界里，变化无穷无止。你走过的道路，洒满熠熠光华；你的触碰轻轻抖颤，化作朵朵鲜花。你飘曳的裙裾，在星空里跳起飞快的旋舞；你的乐声曲调万千，回音从无数世界传来，化作种种印记，种种色彩。

缄默幽独之女啊，你栖居在灵魂的无边静寂里，形单影只；你是一道光彩夺目的奇景，是一朵茕茕孑立的莲花，盛开在爱的莲茎。

二

对面的窗子里，生锈的铁栅后面，坐着一位姑娘。她面色黝黑，相貌平凡，好似夏天水落时的小船，搁浅在河岸的沙滩。

一日劳作之后，我回到我的房间；栅栏后面的姑娘，吸引我疲惫的双眼。

我眼中的她，好似湖水一潭——月光为她幽暗凄清的湖面，镶上银色的滚边。

她只能在窗口，寻觅她的自由。她的冥思守着窗口，迎来清晨的曙光；她乌黑的双眸守着窗口，向夜空深深凝望，好似流落的星星，飞往旧日的家乡。

三

我记得那一天。

倾盆的暴雨，逐渐变得时起时停，绵软无力；卷土重来的阵阵狂风，将暴雨从恍惚中惊起。

我拿起乐器，信手拨动弦丝；乐声在不知不觉之中，沾染暴风雨的疯狂节律。

我看见她撇下活计，悄悄走到我的门前，旋即转身退去，脚步犹疑。她再次走到我的门前，倚着墙站在门外，然后才慢慢走进房间，坐了下来。她低着头飞针走线，不言不语，不久又停下活计，目光穿过窗外的雨幕，投向一行影影绰绰的树。

回忆里没有别的，只有这个时辰，时辰在雨天的正午，载满朦胧的暗影，载满歌声与寂静。

四

她踏进马车，回过头向我匆匆一瞥，就这样向我告别。

她给我的最后一件礼物，便是这秋波一转。可我该把它收在何处，才能让光阴的铁蹄，无法把它踩践？

难道说，暮霭非得抹去这一缕痛苦的闪光，就像抹去那似火的落霞，最后的一丝辉煌？

难道说，雨水理当把它冲刷干净，就像冲走那心碎的花儿，珍藏的花粉？

帝王的荣光，财主的家当，尽可以留给死亡。可我的泪滴，难道不能葆藏这份记忆，葆藏这浓情时刻的匆匆一瞥，好让它永不褪色？

"把它托付给我吧。"我的歌曲说道,"我不沾帝王的荣光,也不碰财主的家当,但这些琐细之物,永远是我的珍藏。"

五

你把自己交给我,像一枝夜间开放的花朵;花瓣上滴落的露水,黑暗中飘来的芳馨,让我知晓花儿的来临,就像满布枝头的嫩芽,让我觉察春天的第一阵足音。

你像满潮时的狂澜,拍击我思绪的海岸;汹涌的歌声,淹没我的心田。

我的心知晓你的到来,像夜晚察觉曙色将开。云海里火光熊熊,扫除黑暗的滚滚洪流,溢满我的天空。

六

那时我行将离去,她依然不言不语。可她的双臂,在渴望中微微颤抖,让我觉得它们想说:"噢,别走，等等再走。"

我时常听见她的双手，借一次轻轻的触碰，道尽千言万语，虽说它们并不知晓，自己说了些什么东西。

我曾见她的双臂语涩言蹇，不知该如何诉说衷肠，虽说它们本想化作青春的花环，围住我的颈项。

她手臂的细微姿态，借着静谧时辰的掩蔽，再次浮现在我的脑海，像一群逃学的孩子，嘻嘻哈哈地为我揭开，她对我隐瞒的秘密。

七

我的歌好比成群的蜜蜂，凭着记忆的指引，循着你芬芳足迹飞过天空，想围着你的娇羞嗡嗡不停，急切地探寻它秘藏的奇珍。

当黎明的鲜花在日头下蔫萎，当正午的空气凝重低垂，当正午的树林静寂无声，我的歌便启程归家，倦乏的翅膀沾满金粉。

八

我相信，你我初见之前，你曾在幻境中来到我的身边，好比春花未盛之时，四月的隐约春意。

那样的幻境，定然降临在那样的时分，其时万物沐浴着娑罗花❶的香气，暮光闪烁的涟漪，给黄沙的河岸滚上金边，夏日午后的依稀声息，交织成和谐的乐曲。岂但如此，那幻境难道不曾，在许许多多的其他时分，化作许许多多无名的闪光，大笑着躲开我的追寻？

九

倘若我们沐着彼世的天光，终于相遇在来生的路途，我想我一定会，惊愕地停下脚步。

我定会将你乌黑的眼睛，认作两颗璀璨的晨星，却又会觉得你的星眼，属于久已忘却的前世暮天。

我定会恍然了悟，你花容的魅力，并不完全属于你的脸庞——它曾赶趁一次无从追忆的相聚，从我眼里偷得炽烈的光芒，还曾从我的爱里撷取，如今已不知来处的神秘。

一〇

爱人啊，请放下你的鲁特琴❷，好让你的双臂，得闲把我抱紧。

请用你的爱抚，使我心潮涨泛，涨到我的躯壳，承载的极限。

别俯下你的颈项，别转开你的脸庞，请给我一个芬芳的吻，像蓓蕾中久贮的花香。

别用多余的言语，窒息这美好辰光，让我们的心房，在静默的急流中激荡，将我们所有的思绪，卷进无涯的欢愉。

❶ "娑罗花"原文为"*sal* blossom"，"*sal*"指龙脑香科娑罗双属乔木娑罗树（*Shorea robusta*）。娑罗树原产印度次大陆，夏季开芬芳的黄白色花朵，为印度教及佛教圣树。传说释迦牟尼在娑罗树（或说无忧树）下诞生，又在娑罗树下涅槃。

❷ "鲁特琴"原文为"lute"，是英文对多种形似吉他的乐器的通称，比如我国的琵琶。

一一

你用你的爱，使我跻身伟人之列，虽然我只是凡夫一介，随世俗的潮流漂泊，随无常的时运颠簸。

在古往今来的诗人，献纳贡赋之地，在名垂不朽的历代爱侣，相互问讯之地，你为我备下一个座席。

集市人群走过我的身边，顾自匆匆前行，从不曾察觉我的躯体，已被你的爱抚点石成金，从不曾察觉我的内心，珍藏着你的亲吻，如同太阳珍藏着神圣的火种，永放光明。

一二

今天我的心，像一个推开玩具的烦躁孩子，无论我想出怎样的词句，它总是摇头否定："不行，这句不行。"

但言语恼恨自己轮廓模糊，于是便苦苦纠缠我的神智，就像那缭绕山巅的流浪云雾，苦苦等待一阵偶然的风，帮助它卸下雨水的重负。

我的灵魂啊，停止这徒劳的努力吧，因为你的静寂，自然会在黑暗之中，催熟它自己的乐曲。

今天我的生命，像一座斋期的修院，就连春天，也不敢在这里动来动去，不敢在这里窃窃私语。

爱人啊，现在可不是你，踏进院门的时辰。仅仅是想到你脚镯的铃铛，沿着小径丁当不停，我花园里的空洞回响，便觉得羞愧莫名。

要知道明天的歌曲，今天还只是蓓蕾；若是看见你姗姗走来，它们定然会竭力敞开，尚未成熟的心怀。

一三

爱人啊，这一份忐忑心怀，你是从何处携来？

让我的心抚摸你的心，用亲吻来驱除，藏在你沉默里的痛苦。

黑夜将这个小小时辰，从它的深海抛上岸边，好让爱在这些紧掩的门扉里，建造一个崭新的世界，再用这盏孤灯，为新的世界照明。

我们仅有的乐器，不过是一支芦管，我们只能把它，轮流举到唇边。我们仅有的冠冕，不过是一个花环，先戴在你的额头，又束起我的发辫。

我会扯去垂落胸前的面纱，在地上铺好我们的床榻。一个吻，一场喜悦的安眠，便可使我们小小的无垠世界，充实完满。

一四

我拥有的一切，我全都给了你，只留下这一层，最起码的矜持面幂。

这面幂实在纤薄，引得你暗自发笑，使得我羞赧无地。

乍起的春风，会悄悄把它掀开；我自己心儿的抖颤，也会使它簌簌飘摆，就好像翻腾的海波，让浪花起起落落。

爱人啊，若是我为我自己，罩上这疏远的薄雾，你不要悲伤叹息。

我这份脆弱的矜持，不只是女人的忸怩，还是一根纤细的花枝——我以心相许的花朵，压弯花枝向你低垂，才有这含蓄宛转的风致。

一五

今天我穿上新的衣裙，因为我的身体想要歌吟。

我不能只是把自己，一劳永逸地奉献给我的爱人，还必须借由我的奉献，每天创造新的馈赠。着上新衣的我，岂不就像一件，崭新的供品？

我的心好比黄昏的天宇，无止境地渴望新的色调，所以我的面幂换来换去，时而绿得像料峭初春的嫩草，时而绿得像冬日田地的禾苗。

今天我衣裙的色彩，好似雨云镶边的蓝天。衣裙为我的肢体，添上无垠大海和海角群山的颜色，衣裙的褶子里，装着夏云乘风飞行的欢悦。

一六

我本想写出爱的词句，就用它自身的色彩，可它的色彩深藏心底，泪水又只是苍白。

朋友啊，若我的文字没有色彩，你是否能够

领会?

我本想唱出爱的词句，就用它自身的旋律，可它的旋律只在我心里，我的眼又默无声息。

朋友啊，若我的歌声没有旋律，你是否能够领会？

一七

黑夜里，这首歌来到我的心间，只可惜你，不在我的身边。

这首歌突然找到，我寻觅终日的歌词。千真万确，夜幕初降的静寂里，歌词颤颤地融入旋律，正如闪烁群星，在夜空中次第亮起。只可惜你，不在我的身边。

我本想在清晨时分，把这首歌唱给你听。只可惜，你在我身边之时，我只能记起旋律，怎么也记不起歌词。

一八

夜色渐深，孤灯里残焰荧荧。

黄昏已经做完了活计，就好像河边汲水的村姑，打满了一天里的最后一罐水，而我忘了留意，黄昏是在何时，掩上了她小屋的门扉。

爱人啊，那时我正在向你诉说，而我的心灵，几乎不曾察觉我的声音。告诉我，我的诉说可有涵义？可曾捎给你，来自生命疆界之外的讯息？

此时我诉说的声音，已经停息，所以我感觉到，夜晚载着万千思绪，一阵阵悸动不安——这些思绪正在肃然凝视，自身的喑哑深渊。

一九

当我俩初次相遇，我的心用乐声高喊："谁永远遥不可及，便永远近在身边。"

那时的乐声已经消散，因为我渐渐相信，我的爱人仅仅是近在眼前，因为我已经忘记，她同时也远在天边。

乐声足可填满，阻隔两个灵魂的无垠空间，可我俩日常习惯的迷雾，已经把乐声遮掩。

羞涩的夏夜里，当轻风从静寂里吹来漫天呢喃，她虽然就在我的身边，我却坐在床上哀叹，痛心于失去她的莫大遗憾。我问自己："何时我才能再有机会，向她悄声倾吐，包蕴永恒韵律的话语？"

我的歌声啊，请你挥去倦意，抖擞精神，请你撕碎这熟视无睹的障翳，飞进那初次相遇的无限惊喜，在那里与我的爱人相会吧！

二〇

我的女王啊，仰慕者纷纷去到你的面前，将他们的财富，自豪地供奉在你的脚边。我给你的贡礼，却只是百种千般，未曾实现的希冀。

暗影已悄悄笼罩，我世界的心房；我拥有的珍宝，已经暗淡无光。

任由幸运的人们，嘲笑我的窘困，我只请求你，用泪水点染我的瑕疵，把它们变成宝石。

55

我带给你，一件喑哑的乐器。

我曾竭力拂弦，直至琴弦崩断，想弹出我的心里，一段过高的旋律。

任由高明的乐师，嘲笑我断折的弦丝，我只请求你，把我的鲁特琴拿在手里，用歌声注满它的空虚。

二一

父亲从葬礼上归来。

七岁的儿子站在窗边，大睁着双眼，金色的护符挂在胸前。孩子的幼小心灵，装满了七岁孩子想不明白的事情。

父亲把孩子搂在怀里，孩子问父亲："妈妈在哪儿呢？"

"在天堂。"父亲指着天空回答。

黑夜里，父亲在昏睡中呓语，悲伤夺去了他的气力。

一盏昏暗的孤灯，在卧室的门边闪烁；一只蜥蜴，在墙上追逐飞蛾。

孩子从睡梦中醒来，双手在空荡荡的床上摸索，然后起身下床，悄悄走上露台。

孩子抬眼向天，默默地久久凝望；他困惑的心灵，向远远的夜空发问："天堂在哪儿呢？"

夜空里没有答案，只有那繁星闪闪，仿佛是无知的黑暗，洒下的滚烫泪点。

二二

黑夜将尽之时，她离我而去。

我的心灵出言劝慰："万物万事，皆属虚妄无稽。"

我气冲冲地说："那封写有她名字的未裁书简，这把她亲手缝上红绸边的葵扇，难道说都不是，真实的物事？"

白昼匆匆过去，朋友跑来对我说："美好皆属真实，永远不会消逝。"

"这你是从何得知？"我不胜其烦地反问，"从世间消逝的这个人，难道说承当不起，'美好'

二字?"

我像个折磨母亲的烦躁孩子，动手砸碎我心里身外，庇佑我的一切物事，一边砸一边哭喊："这世界无情无义。"

突然间，我仿佛听见一个声音："不知感激!"

我向窗外望去，星光璀璨的黑夜里，隐约传来一句申斥："我曾经来过的事实，本该让你的信念坚定不移，可你竟然把你的信念，抛进我离去时留下的空虚!"

二三

河水灰暗，风沙漫天。

在这个阴郁不宁的早晨，鸟儿屏声敛息，阵阵的狂风，吹得鸟巢摇摇欲坠，而我孑然枯坐，暗自寻思："她在哪里?"

我俩坐得太近的日子，早已匆匆飞去；那时我俩开怀大笑，戏谑逗趣，从未向爱的威仪，表露一丝敬畏。

那时我把我自己，变得渺小无谓，她又用絮絮叨叨的言语，把所有时刻变成荒废。

今天我徒然期望，她能够来到我的身旁，在这个暴雨将临的昏暝时刻，伴我在灵魂的孤寂里默坐。

二四

她给我的爱称，宛如一枝盛放的素馨，开遍我俩的爱情，走过的十七年光阴❶。她呼唤这爱称的声音，混合着绿叶之间的摇曳光影，混合着雨夜青草的隐约清芬，混合着无数个悠闲昼日，将尽时的哀伤寂静。

应答她呼唤的他，不仅仅是造物主的作品；在十七个飞逝的年岁，她为自己重塑他的生命。

更多的年岁，依然会接踵来临，年岁里的日子却无家可归，只能够四散飘零，因为她呼唤这爱称的声音，再不会像圈起牛群的围栏一般，将这些日子收存。

这些日子问我：“谁来将我们收存？”

我找不到答案，只好默坐不应，于是它们一哄而散，冲着我叫喊连声："我们要找个牧女，让她来牧养我们！"

它们该找谁呢？

它们不得而知。所以它们，好似黄昏遗弃的晚云，在无路可循的黑暗中漂泊，下落不明，无人寻问。

二五

我觉得，你爱意盈盈的短暂日子，并未随你生命里的寥寥年岁，一同逝去。

我很想知道，如今你把这些日子，收藏在什么所在，使这些日子远离，慢慢偷走一切的尘埃。我

---

❶这首诗里的"十七年"有可能是实指。泰翁的妻子穆芮娜莉妮·德维（Mrinalini Devi，1872—1902）于1883年12月与泰翁成婚，1902年11月病逝，泰翁此后再未娶妻。此外，泰翁的五嫂迦昙巴莉·德维（Kadambari Devi，1858—1884）与泰翁关系亲密，对泰翁的生活和创作产生了重大的影响。迦昙巴莉于1868年7月与泰翁的五哥成婚，1884年4月自杀。

在我的孤寂里，找到你黄昏的歌曲；歌声虽已长逝，回音却永无终止。我还在秋日正午，温暖的静谧里，找到你意有未惬的时辰，发出的声声叹息。

你的心愿从往昔的蜂巢飞来，萦回在我的心房，而我凝神默坐，倾听它振翅的声响。

二六

你已在黑暗之海洗浴完毕，再一次披上新娘的嫁衣；你穿越死亡的拱门，回到灵魂的厅堂里，再一次与我举行婚礼。

没有琴声鼓点，没有贺客喧阗，大门上也不见，哪怕一只花环。

你未曾说出的话语，我未曾说出的话语，相遇在这一场，没有灯火的仪式。

二七

我走在青草蔓生的小径，身后突然传来呼唤的声音："喂，你还认得我吗？"

我转过身去端详她，然后说道："我想不起你的名字。"

于是她说："我是你生命之中，第一次巨大的伤悲；你我相遇之时，你还在青春年岁。"

她的眼睛，仿佛是零露未晞的清晨。

我默立片刻，然后说道："你是否已将泪水的重负，悉数卸除？"

她微笑不语。于是我觉得，她的泪水饱经历练，掌握了微笑的语言。

"你说过，"她轻声说道，"你会将你的伤悲，永远珍藏。"

我红着脸说："确实说过，只可惜时隔多年，我已遗忘。"

然后我握住她的手，对她说："可是，你已经变了。"

她回答说："曾经的伤悲，如今已变作安和。"

二八

我们的生命扬起风帆，航行在无人渡越的海

洋；海浪你追我赶，捉一个永远的迷藏。

这海洋变化莫测，永无休止——它哺育浪花的羊群，又将它们一再丢弃；它用拍手的喧声，搅扰宁静的天宇。

这海洋宛如一曲，光明与黑暗的回旋战舞。爱啊，你屹立在舞池的中央，化身为唯一的绿岛——岛上阳光普照，亲吻羞赧的林荫；岛上百鸟啼鸣，向静谧求爱示好。

二九
阿玛与维纳亚卡

（夜间，阿玛和维纳亚卡在战场上相遇，维纳亚卡是阿玛的父亲。）

阿玛：父亲！

维纳亚卡：无耻贱人，你连穆斯林丈夫都不嫌弃，居然还有脸叫我“父亲”！

阿玛：您不顾亲情杀死我的夫君，可您终归是我的父亲；我把我丧夫的苦泪生生忍住，怕的是给您招来神的咒诅。我们分隔多年，如今既已战场相逢，容我跪倒在您的脚边，最后一次向您辞行！

维纳亚卡：你要去哪里，阿玛？我们已经砍倒，你垒筑渎神之巢的树木；你还能去哪里，寻找托身之处？

阿玛：儿子是我的寄托。

维纳亚卡：不要管他！永远也不要眷眷回望，罪行孳生的孽障，哪怕那桩罪行，已被鲜血洗清！好好想想你的出路吧。

阿玛：死亡的门扉道道开敞，哪一道也比父爱宽广！

维纳亚卡：死亡确可，将罪孽一概吞噬，正如大海，吞噬百川携来的淤泥。但今夜不是你的死期，此处也不是你的死地，你须当去往荒凉僻境，找一座供奉神圣湿婆❶的庙宇，远离你蒙羞的亲族，远离所有的邻居。你须当每日三次，去神圣的恒河洗浴，一边念诵神的圣名，一边聆听晚祷之时，最后的一声钟鸣，好让死神大发慈悲，用温柔的目光

---

❶湿婆（Shiva）与梵天（Brahma）、毗湿奴共为印度教三大主神。

注视你，如同一位慈父，端详他眼角带泪的熟睡孩子。好让死神把你，轻轻带进他浩瀚的静谧，如同恒河载走坠落的花朵，洗去它所有的污渍，把花朵变成，献给大海的相宜贡礼。

阿玛：可我的儿子——

维纳亚卡：我再说一次，不要再提起你的儿子。孩子啊，让忘却成为你的重生之母，好让你从她腹中呱呱坠地，再一次扑到，你父亲的怀抱里。

阿玛：在我眼里，世界已变成幻影，您的话进得了我的耳朵，却进不了我的心。别管我，父亲，由我去吧！别尝试用您的爱，约束我的行动，因为您那条爱的纽带，已被我夫君的鲜血染红。

维纳亚卡：唉！飘落的花朵，从不会返回生养它的枝柯。吉瓦吉与你订有神圣的婚契，那人却用武力抢去了你，你如何还能，把那人叫作夫君？那天夜里的遭际，我永远不会忘记！那时我们坐在婚礼的厅堂，焦急地等待新郎，因为吉祥的时辰，渐渐地消磨殆尽。火把的耀眼红光，终于在远处亮起；婚庆的乐曲，从空中飘来耳际。我们高兴得大喊大叫，女眷们纷纷吹响螺号。一队轿夫走进我们的庭院，抬来一顶顶花轿。我们正在询问："吉瓦吉为何没有现身？"明火执仗的匪徒，便从轿子里一拥而出，像暴风雨一般突兀。没等我们弄明白怎么回事，他们就劫走了你。

没过多久，吉瓦吉跑来告诉我们，之前他中了埋伏，一时间成了俘虏，伏击他的人来自比贾布尔王廷[1]，是一名穆斯林贵族。当天夜里，我和吉瓦吉对着婚礼的圣火[2]，发誓要杀死这个邪魔。我们苦等多年，今夜才兑现神圣的誓言。吉瓦吉在今夜的战阵，失去了宝贵的生命，但他的灵魂，已与你缔结合法的婚姻。

阿玛：父亲啊，我也许玷辱了您的门风，可我的贞操洁白无疵；我深爱着那个人，还为他育有子嗣。我记得一天夜里，我收得两封密信，一封是您

[1] 比贾布尔（Vijapur, 亦作 Bijapur）为印度南部的一个地区，十五世纪末至十七世纪末受阿迪尔·沙王朝（Adil Shahi dynasty）统治，该王朝崇奉伊斯兰教。

[2] 印度教婚礼陈设之一是在铜盆里点起的圣火，婚礼仪式之一是让新郎和新娘绕着圣火走四圈。

的手笔，另一封来自母亲。您在信中说："我寄给你的是尖刀，杀了他！"母亲在信中说："我寄给你的是毒药，自尽吧！"

倘若是匪人夺去我的童贞，我早已凛遵双亲的严命，可我交出我的清白之身，只是因为爱已经把我交与那人。这份爱格外伟大，格外纯粹，因为它克服了我们对穆斯林的憎厌，哪怕这憎厌世代相传，深入骨髓。

（阿玛的母亲拉玛上）

阿玛：母亲啊，真不敢相信，我还能再见到您。容我撷取您脚上的尘土吧❶。

拉玛：别用你不洁的手碰我！

阿玛：我跟您本人一样纯洁。

拉玛：可你倒是说说，你把你的贞操给了谁人？

阿玛：给了我的夫君。

拉玛：夫君？你是婆罗门❷女子，怎可有穆斯林夫君？

阿玛：我的所作所为，并非可鄙可轻。我可以自豪地说，我从未对夫君不恭不敬，尽管他是个穆斯林。天国若是褒奖，您对您丈夫的忠贞，同一个天国，也会为您女儿敞开大门，因为她也曾恪尽，妻子的本分。

拉玛：你真的能够恪尽，妻子的本分？

阿玛：真的。

拉玛：那你能不能甘心赴死，毫无畏惧？

阿玛：我能。

拉玛：好吧，我们这就给你点燃，殉葬的烈火！瞧，那边就是你丈夫的尸身。❸

阿玛：那不是吉瓦吉吗？

拉玛：是的，正是吉瓦吉。他才是你的夫君，有神圣的婚约为证。婚姻之神的圣火，曾遭受厄运的阻拦，如今已炽然化作，死神的饥渴烈焰，你必

---

❶用手触碰长者的双足是印度人表示敬意的传统礼节。这个礼节隐含的意思是长者走过了漫长的路途，见多识广，即便是长者脚上的尘土，也可以让小辈获得莫大的教益。

❷婆罗门（Brahmin）是印度传统社会四种姓当中地位最高的种姓，通常对应于祭司阶层。

❸印度曾有让妻子为丈夫殉葬的陋俗，方式之一是把妻子投入亡夫的火葬柴堆。

须在此时此刻，完成你中断的婚典。

维纳亚卡：孩子啊，别听她胡言乱语。回你儿子身边去吧，躲进你自己那个，笼着伤悼阴影的巢窠。我已经将我的责任，履行到惨酷无比的极致；再没有什么事情，还需要你来完成——夫人啊，你的伤悲无济于事。人家从我们树上强行掰去的枝桠，如果是业已枯死，那我会心甘情愿，把它扔到火里。可它已经在新的土壤，长出生机勃勃的根须，已经在新的土壤，开花结实。抛开你的懊恨，由她去奉行那些人的律法吧，毕竟她在那些人当中，找到了她的爱情。走吧，夫人，眼下正是时机，我们该斩断所有的尘世牵萦，找一处清静的修行圣地，在隐遁中度过余生。

拉玛：我确实已经做好，隐遁清修的准备，可我们生命的土壤里，冒出了罪孽耻辱的胚芽：我必须先把它们通通踩进尘土，才能够安然出发。女儿丑声远扬，便玷污母亲的名望。必须用那团墨黑的耻辱，凑足今夜烈火的柴堆；必须用我女儿的骨灰，树一块忠贞妻子的丰碑。

阿玛：母亲啊，您若是用死亡，硬把我配给非我夫君的男人，无异于亵渎永恒死神的圣堂，会使您自己诅咒随身。

拉玛：士兵听令，即刻点火，围住这个女人！

阿玛：父亲！

维纳亚卡：不用怕。唉，孩子啊，谁能料想，我们会迎来这样的时辰，你竟然得呼唤你的父亲，从你母亲手里救下你的性命！

阿玛：父亲！

维纳亚卡：到我身边来吧，亲爱的孩子！凡人制定的种种律法，不过是梦幻泡影，不过是翻腾的浪花，在天理的岩岸撞成齑粉。带着你的儿子到我身边来吧，我的女儿，我们一起生活。父亲的慈爱，好比造物主的甘霖，不计较是非恩怨，只会从它丰沛的泉源，倾注不停。

拉玛：你想往哪里跑？回来！——士兵听令，坚守你们的忠诚，为你们的主上吉瓦吉效命！现在就为他履行，你们最后的神圣责任！

阿玛：父亲！

维纳亚卡：士兵听令，放开她！她是我的女儿。

众士兵：她是我们主上的遗孀。

维纳亚卡：她的丈夫另有其人，虽然是个穆斯林，但也和我们一样，忠于自己的信仰。

拉玛：士兵听令，制住这个老家伙！

阿玛：我蔑视你，母亲！我蔑视你们，你们这些士兵！因为我借由死亡和爱赢来自由，战胜了你们。

三〇

画家在集市卖画，一个孩子带着仆从，路过他的画摊。这孩子是大臣的儿子，大臣年轻时骗过画家的父亲，使得画家的父亲心碎而死。

孩子在画摊上流连多时，挑中了一幅画。画家立刻用布盖住孩子挑的画，说这幅画不卖。

从此以后，孩子为这幅画相思成疾，日渐憔悴；大臣只好来找画家，出高价买这幅画。画家却不肯卖，宁愿让这幅画待在画摊的墙上，自己则恨恨不已地坐在那里，对着画暗自嘀咕："这便是我的报复。"

　　每天早晨，画家都要为他崇奉的神祇描一幅像，这是他供养神祇的唯一方式。

　　如今他觉得，自己描出的神像逐日改变，跟以往越来越不一样。

　　他为此很是苦恼，但却百思不得其解。终于有一天，他惊骇地丢下画笔，一下子跳了起来，因为他刚刚描出的神像，眼睛活脱脱是大臣的眼睛，嘴唇也活脱脱是大臣的嘴唇。

　　他一把扯碎神像，高声叫嚷："我的报复，报应到了我自己头上！"

三一

　　将军走到生着闷气的国王跟前，行礼如仪，开口禀报："那村子已受严惩，男丁通通化为齑粉，女人也缩在黑灯瞎火的家里，不敢哭出声音。"

　　大祭司起身向国王道贺，高声叫道："神的恩典，永远与陛下同在。"

　　闻听此言，小丑纵声大笑；满朝文武惊惶失措，国王的脸色愈发阴沉。

"仰仗陛下的雄才大略，以及万能之神的荫庇，"大臣说道，"王权的尊荣永不隳弛。"

小丑的笑声更加响亮，国王厉声呵斥："嘻嘻哈哈，成何体统！"

"神赐予陛下的福泽，如雨点不计其数。"小丑说道，"祂赐予我的福泽，只有这大笑的禀赋。"

"你这份禀赋，会叫你身首异处。"国王说道，右手按住了宝剑。

小丑却站起身来笑个不停，直到笑不出声音。

恐惧的阴影，霎时间笼罩整个宫廷，因为所有的人都听见，小丑的笑声袅袅不断，回荡在神的静寂深渊。

三二
母亲的祈祷❶

（王子难敌是失明的俱卢族君王持国和王后甘陀利的儿子，般度族的各位王子是难敌的堂兄弟。为了夺取般度族的国土，难敌与般度族的各位王子赌赛，靠诈术取得了胜利。）

持国：你如今可算如愿以偿。

难敌：我已经大功告成！

持国：你得到幸福了吗？

难敌：我得到了胜利。

持国：我再问你一次，你赢下一统江山，从中得到了怎样的幸福？

难敌：父王啊，刹帝利❷并不渴求幸福，只渴求凯歌高奏，只渴求这一壶，从翻腾妒海中蒸出的

---

❶这部短剧是泰翁根据《摩诃婆罗多》当中的神话故事情节编写的，人物译名取自中国社会科学出版社的《摩诃婆罗多》中译本。相关情节略述如下：持国（Dhritarashtra）是俱卢国王奇武（Vichitravirya）的长子，因失明而把王位让给了异母弟弟般度（Pandu），但又在般度退隐后成为了事实上的国王。持国有一百个儿子（即"持国百子"），长子是难敌（Duryodhana），般度则有五个儿子（即"般度五子"），长子是坚战（Yudhishthira）。坚战比难敌年长，而且更有资格继承王位，持国出于爱子之心把王国一分为二，难敌得到象城（Hastinapur），坚战得到天帝城（Indraprastha）。为了霸占整个王国，难敌引诱般度五子跟自己掷骰子赌赛，由此赢得般度五子的国土，迫使般度五子到森林里去过流放生活。流放期满之后，般度五子卷土重来，在大战中杀死持国百子，夺回了王位。

❷刹帝利（Kshatriya）是印度传统社会四种姓当中地位次高的种姓，通常对应于王侯及武士阶层。

烈酒。我们曾经在堂兄弟们的仁慈统治之下，心平气和地苟且偷安，那时我们拥有悖时倒运的幸福，好似月亮胸怀里的散淡暗斑。那时候，般度兄弟尽揽世间财富，还容许我们分一杯羹，也算是没有亏待手足。如今他们愿赌服输，即将踏上流放之途，我不再觉得幸福，却觉得欢欣鼓舞。

持国：悖时鬼啊，般度族和俱卢族本是同根，你竟然忘得一干二净。

难敌：恰恰是因为，这事情难以忘记，我才把我们蒙受的委屈，时刻装在心里。午夜的月亮，绝不会嫉妒正午的太阳，但日月若是同时出现，升上同一条地平线，争战便不能旷日经年，终须有个了断。谢天谢地，这场争战已见分晓，我们终于赢得，独霸天宇的荣耀。

持国：可鄙的嫉妒！

难敌：嫉妒绝不可鄙，反倒是成就伟业的要义。小草可以和睦聚居，大树却不能挤在一起。星星成群闪亮，日月则独自辉煌。般度族的苍白月亮，已没入重重林影，只留下俱卢族的初升太阳，为胜利尽情欢庆。

持国：你赢了，公道却输了。

难敌：君上的公道，可不是黎庶眼里的公道。黎庶借广交朋友发迹，王者却把侪辈看作死敌——侪辈是王者前方的沟坎，又是王者后方的隐患。王者的权谋，容不下兄弟和朋友；它只能依靠征服，来打下坚实的基础。

持国：在赌赛中骗来的胜利，要我说可不是征服。

难敌：人不用指甲和牙齿，去跟老虎公平决斗，并不会因此，丢脸蒙羞。我们用武为的是打胜仗，可不是为了自取灭亡。父亲啊，我只为眼下的结果自豪，绝不会自贬身价，去为手段懊恼。

持国：可是正义——

难敌：呆子才会去做正义的美梦，只因为他们一事无成。天生的王者，以实力为唯一凭借，从不会心慈手软，也不受良心羁绊。

持国：你的成功会引来愤怒声讨，好似劈头盖脸的咆哮怒涛。

难敌：只需要一眨眼的工夫，百姓们就会醒悟，难敌是他们的主上，一抬脚便碾碎一切毁谤。

持国：毁谤在百姓的舌尖跳舞，跳累了自会消亡；别把它赶进百姓的心里，让它在暗中积聚力量。

难敌：憋在心里的谤讪，无损于王者的威严。百姓不爱我们，我不会耿耿于怀；百姓放肆无礼，则必须严惩不贷。谁能够得到爱，由施爱者任意安排；那些穷鬼中的穷鬼，尽可以纵情享受这样的慷慨。百姓只管把他们的爱，抛撒给家养的小狗小猫，抛撒给般度族的好兄弟，我绝不眼红心跳。畏惧才是我为我的王座，索取的唯一供果。父亲啊，面对那些诋毁您亲生子嗣的人，您的耳根子实在太软：如果您执意容许您那些道貌岸然的朋友，肆意发表针对您孩子的刺耳谰言，那我们只好让出我们的王国，拿它去交换般度兄弟的流放生活，那我们只好去荒野里安身——那里倒是好，绝没有便宜得来的友情！

持国：朋友们的逆耳忠言，若是能减少我的舐犊之情，那我们也许，还能够免于沉沦。可我已经把双手，伸进你恶名的烂泥，彻底地丧失，分辨善恶的能力。为你我竟然不顾一切，纵火焚烧先王血脉的古老森林——我这份舐犊之情，便是这般要命。我们脸对着脸，紧紧地抱成一团，好似一对双生的流星，闭着眼冲向毁灭的深渊。既是如此，你不要怀疑我的爱子之心，也不要松开你的双臂，直到我们抵达覆亡的绝境。只管敲响你胜利的鼓点，只管升起你凯旋的旗幡；在这场邪魔当道的狂欢闹剧里，兄弟和朋友将会次第离去，舞台上最终一无所有，只剩下这对末日临头的父子，只剩下神的诅咒。

（侍者上）

侍者：陛下，甘陀利王后求见。

持国：我正等着她呢。

难敌：容我先行告退。

（难敌下）

持国：赶快走吧！你母亲怒火万丈，你定然无法承当。

（难敌的母亲甘陀利王后上）

甘陀利：容我俯伏在您的脚边，乞求您的恩典。

持国：只管明言，自当照办。

甘陀利：放逐他的时候已经到了。

持国：我的王后啊，你想要放逐谁人？

甘陀利：难敌！

持国：我们的亲生儿子难敌？

甘陀利：正是！

持国：你是他的母亲，竟乞求如此绝情的恩典！

甘陀利：乞求这恩典的不只是我，还有俱卢族先祖的在天之灵。

持国：他触犯神圣的律法，神圣的法官自然会惩处他。可我非神非圣，只是他的父亲。

甘陀利：难道我不是他的母亲？难道我不曾让他，安躺在我悸动心房的下方？是的，我就是要您放逐不义的难敌。

持国：放逐他之后，我们还有什么盼头？

甘陀利：神的庇佑。

持国：放逐了他，能给我们带来什么？

甘陀利：新的苦楚。儿子陪在身边，让人欢喜无限，得到新的王国，让人志得意满，知道这两样都是靠实施或纵容恶行换来，又让人愧疚不堪——这些感觉像一枝枝来回拉锯的荆棘，会让我们肝肠寸断。般度族太过清高，绝不会从我们的手里，领回他们放弃的土地，所以我们理当，用巨大的哀痛惩罚自己，这样才能拔去，这无功之禄的棘刺。

持国：王后啊，你给一颗业已破碎的心，添上了新的伤痕。

甘陀利：陛下啊，儿子受罚，我们的苦楚更甚于他。法官若是对判决的苦果视而不见，便不再适合充任法官。若是您放过自己的儿子，借此免除自己的痛苦，您惩治过的所有罪人，必然会去神的座下哭诉，乞求神对您施加报复——这些罪人，岂不也有自己的父亲？

持国：别说了，王后，我求你别再说了。我们的儿子已遭到神的抛弃，所以我不能对他置之不理。拯救他已经超出我的能力，我的慰藉只能是分担他的罪孽，充当他唯一的旅伴，陪着他走向毁灭。过去的已经过去，该来的只管来吧！

（持国下）

甘陀利：我的心啊，请你平静下来，耐心等待神的审判。失忆的夜晚渐渐消逝，清算的黎明步步迫近，我已经听见，黎明战车的震耳轰鸣。女人啊，匍匐在尘埃里吧！把你的心当作祭品，扔到黎明的车轮底下！黑暗将笼罩穹苍，大地将瑟瑟战栗，哭号将撕裂天幕，随后便是那寂无声息的无情结局，便是那可怖的静谧，便是那湮没一切的遗忘，便是那仇恨熄灭的庄严仪式，便是那最终的解脱，从死亡的烈火中冉冉升起。

三三

他们大逞凶残，将地毯扯成碎片——织成这地毯的年代，是虔诚祈祷的千秋万载；这地毯是为迎接，世间最美好希望的到来。

爱备下的丰厚贽见，变成了一堆破烂；已成废墟的祭坛之上，再没有东西来提醒疯狂的人群，他们的神，本应当已经降临。狂性大发的他们，似乎已将他们的未来，连同他们的开花时令，烧成灰烬。

刺耳的呐喊响彻天宇，"胜利属于暴戾！"孩子们未老先衰，形容枯瘠；他们交头接耳，窃窃私语，说时代只见循环往复，从不见丝毫进步，说我们在牧杖的驱策下奔跑，前方却没有目的地，还说所谓的创造，与瞎子的摸索无异。

我对自己说："停止你的歌唱吧。只有那尚未降临的来者，才配得上领受歌声；现实种种，只配得上无尽纷争。"

道路永远安卧，像一个耳朵贴地倾听足音的人；今天的道路没有看见，嘉宾将至的休征，也没有从道路尽头的家园，收得任何音讯。

我的鲁特琴说："把我扔进尘土，踩成碎片吧。"

我向路旁的尘土，投去我的目光，却看见一枝小小花朵，在荆棘丛中开放，于是我高喊："世间的希望并未死亡！"

天空凑近地平线，向大地轻声呢喃，空气中盈满，屏声敛息的企盼。我看见棕榈树叶拍手击节，应和听不见的音乐；我看见月亮含情脉脉，与静谧的银湖互送秋波。

道路对我说："什么也不用怕！"我的鲁特琴说："把你的歌曲借给我！"

三四

译自巴乌[1]歌谣

（一）

爱人啊，你我在爱的戏剧里相遇，不只是我的企盼，也是你的希冀。

只有从我的爱里，找到无限欢喜，你的红唇才能漾出笑意，你的长笛才能吹出旋律，所以你，和我一样心急。

（二）

我就在这路上坐定，别叫我继续前行。

若是你的爱不需要我的爱，自身便可臻于完满，就让我掉头走开，不再为你奔波辗转。

若是你心里没有，我心里的思念，我绝不央求，与你相见。

集市尘土与正午烈日，使得我目不能视，所以我等在这里，只盼望你的心，我这颗心的爱人，会打发你四处寻觅，寻觅我的踪影。

（三）

你的气息，使我的生命倾泻如雨，迸发出不计其数，或喜或悲的鲜活音符。

清晨黄昏，夏天雨季，你把我编成乐曲。

就算我全部的生命，消耗在一阕短歌里，我也不悲伤惋惜，因为我如此钟爱，这歌曲的旋律。

（四）

我的心是一管长笛，曾经过他的品题；长笛一旦落入他人之手，他尽管把它丢弃。

我爱人的长笛，是他心爱之物；今朝若是有陌生的气息，用它吹出异样的音符，他尽管把它砸个粉碎，抛撒在尘土里。

（五）

爱以爱为唯一目的，不求痛苦也不求欢愉。

❶巴乌（Baul）指的是孟加拉地区的一类吟游修行者，这些人创作的音乐和歌谣广受喜爱，对孟加拉文化有着巨大的影响。"Baul"的字面意思是"着魔的人"或"疯子"。

自由使爱坚不可摧，界限使爱分崩离析，因为爱是联合之力。

爱点燃爱，正如火点燃火，但那最初的火星，从何而生？

它来自你的生命，在痛苦的笞杖下倏然飞进。

待到暗藏的火星，吐出熊熊火舌，物我便融为一体，一切藩篱灰飞烟灭。

只管让你的痛苦，烧成炽烈的火焰，只管让心里的火焰喷涌而出，击退周遭的黑暗，何须畏惧？

诗人说道："若不付清代价，谁能把爱买下？你若是抠抠索索，不能奉献自己，便会使整个世界，变得悭吝可鄙。"

（六）

眼睛能看见的，只是泥土与尘灰；要用心灵去体察，才知道纯粹快乐的滋味。

喜悦好比千花万卉，在四方争奇斗艳，但哪里才是你那条，把喜悦串成花环的心灵之线？

主上的笛声响彻万物，召唤我走出我的蜗居，无论我身处何地。主上的笛声让我知道，我所有的步伐，都不曾踏出祂的广厦。

因为祂是大海，是流向大海的河川，也是那停泊的港湾。

（七）

我的客人行为古怪。

他总是乘我不备，不请自来，可我岂能，把他拒之门外？

我点着灯守候终夜，他始终远远躲开；等到灯盏熄灭，屋子里空空如也，他却来索要他的座席，而我岂能，让他久久等待？

正当我大笑开怀，与朋友尽情作乐，突然却惊跳起来，看哪！他神色悲哀，从我身边一掠而去，于是我明白，我的欢悦只是空虚。

我往往在心痛如绞之时，瞥见他眼里的笑意，于是我明白，我的悲哀并不真实。

可我从无怨尤，即便在我不理解他的时候。

（八）

我是船，你是大海，也是船夫。

虽说你永不靠岸，虽说你任我沉没，我何必像愚人一般，心寒胆落？

难道说到岸是更大的奖励，胜过与你融为一体？

他们说你，仅仅是避风的港埠，若他们所言不虚，大海又是何物？

就让大海汹涌澎湃，将我抛掷在浪峰浪谷，我定会心满意足。

我始终托身于你，无论你显现何种面目，表露何种态度。我任你生杀予夺，只求你不要把我，留给他人摆布。

（九）

前进，蓓蕾啊，前进吧，敞开你的心扉，前进吧。

开花的精灵，已追到你的身旁，你如何还能，含苞待放？

卷　三

一

来吧，春天，大地的莽撞爱人，来让森林的心间，涌起倾诉的渴盼！

来吧，化作躁动的阵风，吹得百花竞相吐艳，吹得新叶争先舒展！

爆发吧，像一场光明的反叛，突破黑夜布下的哨岗，突破湖水的喑哑幽暗，突破尘土之下的监房，向桎梏中的种子宣布解放！

像闪电的大笑，像风暴的怒号，闯进那喧嚣城镇的中央吧；解放那窒息的言语，解放那麻木的苦役，增援我们渐渐萎靡的反抗，帮我们征服死亡！

二

年复一年，芥菜开花的三月，我一再欣赏这幅画面，看眼前的一脉悠悠流水，看远处的一带灰白沙滩，看崎岖的小路沿河蜿蜒，将田野的情谊，捎进村庄的心坎。

我曾尝试用我的诗篇，捕捉风儿的散漫哨子，捕捉过路的小船，桨声的节律。

我曾惊叹不已，大千世界竟会在我的眼前，展露如此素朴的身姿；与永恒异客的这般邂逅，竟会让我的心充溢，如此温存、如此亲切的安适。

三

两个村庄，隔着小河相望；渡船在村庄之间，来来往往。

小河不深也不宽，仅仅是小路的一个间断——它让日常生活的小小波澜，更加有声有色，好比歌词当中的间断，让旋律欢快流过。

财富的高楼耸入云天，转眼又轰然崩坍，两个村庄却隔着潺潺的河水，继续攀谈，渡船也在村庄之间，继续往返，从春播到秋收，从一个纪元，到又一个纪元。

四

黄昏时分，他们将牛群赶进牛栏，然后坐进小屋门前的草地，一边享受你看不见的陪伴，一边在歌声里反复诵念，他们怀着诚挚的爱意，给你起的名字。

王者的冠冕好似流星，在世间一闪而逝。你那些名字不见记载的爱人，却依然记得你的名字；你的名字依然在寂静的夜晚，在村中小屋的周围，从他们质朴的心田，冉冉升起。

五

在婴孩的世界里，树木纷纷枝摇叶摆，用一种比意义本身还要古老的语言，轻声为婴孩吟诵诗篇，月亮则佯装与婴孩两小无猜，佯装是夜晚的孤独婴孩。

在老人的世界里，花儿为姑妄听之的神话，例行公事地脸泛红霞，破碎的玩偶则腆然坦白，自己只是泥胎。

六

我的世界啊，在我的孩提时代，你是个年纪幼小的邻家女孩，你与我素不相识，怯于表露你心中的喜爱。

后来你渐渐胆大，隔着篱笆和我说话，送给我各式各样的玩具，送给我贝壳和鲜花。

再后来，你诱哄我撇下手头的活计，逗引我踏进天色昏暝的土地，或者是寂寥正午的花园里，杂草丛生的暗隅。

你滔滔不绝，为我讲述往昔的故事，现在的时日朝思暮想，企盼与往昔相聚，想得到往昔的打救，逃出当下时刻的牢狱。

七

广袤的大地啊，多少次，我觉得我的生命充满渴望，想要在你的身上流淌，想分享你的每一片挺拔绿叶，用旗语应答蓝天呼唤的欢畅！

我觉得我曾经与你一体，在我尚未出生之时，在无限杳渺的往日。正因如此，当秋天的阳光在将熟的稻穗上闪烁，我才会依稀忆起一段往昔，忆起我心灵满布四方的日子，才会依稀听见玩伴的笑语，从深藏面幂之后的遥远过去，传回我的耳际。

黄昏时分，当牛儿纷纷归栏，草场的小径尘土飞扬，当月亮渐行渐远，升到村舍炊烟的上方，我觉得心中哀戚，仿佛是再度经历，我生命的第一个早晨，那一场无比遗憾的别离。

八

繁忙昼日的种种牵萦，依然在我脑海里轰鸣。我枯坐良久，浑不觉暮色渐深，夜幕降临。

突然间，光明从黑暗里扑到我的身边，仿佛在用手指，触摸我的身体。

我抬起头来，与满月脉脉相望；满月大睁着惊奇的眼睛，像个孩子一样。我久久地凝视满月，心里漾起一丝甜蜜，感觉有谁将一封情书，悄悄投进了我的窗子。

从此以后，我一直心急如焚，想写出一封回信，想把信写得馥郁芬芳，像夜晚送来的幽花霭霭，想把信写得灿烂辉煌，像夜晚用无名繁星拼出的表白。

九

当晨光像一绺湿漉漉的刘海，垂挂在雨夜的额头，乌云便不再越积越厚。

小姑娘凭窗伫立，纹丝不动，宛如一道守在路口的彩虹，目送溃退的暴雨狂风。

我这个年幼的邻居，好似某位神祇的叛逆笑声，与这片大地不期而遇。她母亲发起火来，会说她无药可救，她父亲则莞尔一笑，说她是疯丫头。

她好比跃过山岩的不羁瀑水，又好比竹杪的细枝，在躁动的风里簌簌低语。

她凭窗伫立，凝望天宇。

她妹妹走来说："妈妈叫你。"她摇头不理。

她弟弟拿着玩具船走来，抓住她的手，想拉她去别处玩。她一把甩开弟弟，弟弟却纠缠不已，她便在弟弟的背上，拍了一掌。

创造大地的开端，第一个伟大的声音，便是风水激荡的轰鸣。

自然母亲那一声远古的呐喊，那一声对未来生命的无言召唤，已飞进这孩子的心坎，引领她的心独自向前，跨出当今时代的篱藩。所以她凭窗伫立，沉浸在永恒里！

一〇

翠鸟凝立在空船的船头，水牛安躺在河边的浅水里，半闭着眼眸，沉醉于清凉的淤泥，带来的难得享受。

奶牛在岸上吃草，不理会村中恶犬的吠叫；一群猎食飞蛾的家八哥，跟着奶牛蹦蹦跳跳。

我坐在酸角●林里，无言生命的喧声在这里汇聚，有牛群的哞哞低吼，有麻雀的啁啾啼鸣，有头顶上老鹰的尖啸，有蟋蟀的阵阵嘤咛，还有鱼儿出水，拔剌的声音。

我恍然瞥见，那哺育原初生命的房间，瞥见大地母亲，在喜悦中瑟瑟抖颤，因为第一窝生气蓬勃的幼雏，围在了她的胸前。

一一

村子昏昏欲睡，正午静得像阳光下的子夜，可我的假期，已经终结。

整个上午，我四岁的小女儿紧跟在我后面，从一个房间走到又一个房间，一边生闷气，一边看我收拾行李。她渐渐走得累了，便靠着门槛坐倒在地，出奇地安静，只是一个劲儿喃喃自语："爸爸不能走！"

眼下是吃饭时间，她天天都在这时候犯困，可她母亲忘了送她上床，而她实在是太不开心，连抱怨的话也懒得讲。

到最后，我张开双臂跟她告别，可她一动不动，只是伤心地看着我，对我说："爸爸，你不能走！"

我又是好笑又是心酸，禁不住泪水涟涟，因为我想到这小小的孩子，竟然敢反抗这充满无奈的庞大世界，何况她没有任何凭借，只有这只言片语："爸爸，你不能走！"

一二

享受你的假日吧，我的孩子。假日里有蔚蓝的天宇，有空旷的田畦，有谷仓，有那棵古老的酸角树，还有树下的倾圮神祠。

我的假日，只能从你的假日里撷取，借你眼神的舞蹈找到阳光，借你喧闹的叫嚷找到乐曲。

❶酸角树（tamarind，*Tamarindus indica*）又名酸豆树、罗望子树，为豆科酸豆属唯一物种，热带乔木，果实可食。

秋天会带给你，真正的假日自由，带给我的则只是，阻止工作的禁咒。这不，看哪！你闯进了我的房间。

是的，我的假日让爱拥有，搅扰我的无限自由。

一三

傍晚时分，我年幼的女儿听见玩伴的呼唤，从窗子下方传来。

她怯怯地走下黑暗的楼梯，用面幂挡着手里的灯，免得风把火吹熄。

我坐在露台，沐浴三月夜晚的璀璨星光，突然间听见哭喊的声音，赶忙跑过去看个究竟。

她的灯已经熄灭，螺旋的楼梯井一片漆黑。我问她："孩子啊，你哭什么呢？"

她伤心的应答，从下方传到我的耳边："爸爸，我把自己给弄丢了！"

我回到露台，沐浴三月夜晚的璀璨星光，这

时我举头凝望天空，天空里似乎有个孩子，一边前行，一边用她的无数块面幂，呵护她的无数盏灯。

倘若灯光熄灭，她定会突然停步不前，哭喊的声音，定然会响彻诸天："爸爸，我把自己给弄丢了！"

一四

黄昏伫立在街灯中间，灯光晃得它眼花缭乱；城市的烟尘，染污它金色的容颜。

一个浓妆艳抹的女子，在阳台凭栏而立，像一团鲜明耀眼的火，等待着扑火的飞蛾。

路上的人流，突然翻起围观的涡旋，因为一个街头流浪的男孩撞上马车，惨死在车轮下面。阳台上的女子一头栽倒，发出凄厉的哭号；她此刻的悲苦，正是那端坐世界内殿的白衣圣母，内心的伤悼。

一五

我记得那一幕，荒瘠原野里的场景：吉普赛

帐篷的门前，午后的荫凉里，一个孤零零的女孩，坐在草地上编辫子。

她的小狗又蹦又跳，冲着她忙碌的双手吠叫，似乎是觉得她的活计，没有任何意义。

她管小狗叫"淘气包"，说她受够了它没完没了的瞎闹，可她的申斥，全都是无济于事。

她伸出嗔怪的食指，戳了戳小狗的鼻子，小狗却闹得更欢，更加地忘乎所以。

她板起兴师问罪的脸，要让小狗知道末日不远，可没过一会儿，她便任由头发披散，一把抱起小狗，一边开怀大笑，一边把小狗贴在胸前。

一六

他又高又瘦，持续复发的高烧，把他折磨得皮包骨头，就像是一棵死树，无力从任何土壤，汲取哪怕一滴救命的琼浆。

每天早晨，他母亲带着绝望的耐性，像抱小孩子那样，抱他去屋外晒太阳。于是他坐在路边，身下的阴影渐渐缩短。

忙碌的世界，从这对母子身边匆匆路过，女人去河边汲水，牧童把牛赶往草地，载满货物的大车，驶向远方的市集。做母亲的恍如不觉，只希望能有一丝一毫的生命活力，搅动她垂死的儿子，那可怕的昏迷。

一七

这衣衫褴褛的村民，正拖着沉重的步履，从市集走向家里。倘若他突然穿越时空，出现在某个遥远时代的峰顶，那里的人一定会撇下活计，欢呼着向他奔去。

因为他们不会再用势利的眼光，刻出他村夫的窘相，只会觉得他浑身上下，充满他自身时代的神秘，充满他自身时代的活力。

就连他的贫穷与痛苦，也会摆脱如今所受的肤浅凌辱，摇身变成伟大的事物，而他篮子里的零七八碎，会变成少见多怪的宝贝。

一八

他披着晨曦启程，道路的一侧长满雪松❶；这条路盘绕山峰，好似苦苦纠缠的痴情。

他手里握着他新婚的妻子，从乡下老家写来的第一封信；妻子恳求他回去找她，恳求他早早动身。

一只无形纤手的轻抚，时刻伴随他的脚步；山间的微风，仿佛在模仿信里的悲呼："爱人啊，我的爱人，我的天空盈满泪珠！"

他惊讶地问自己："我是何人，值得她如此情深？"

突然间，太阳跃出蓝蓝的群山。四位外乡姑娘快步走来，边走边大声交谈；姑娘们的身后，跟着一条汪汪叫的狗。

年长的两位姑娘，察觉他淡漠神情里的一丝异样，忙不迭转过头去，想藏起脸上的揶揄笑意。年少的两位姑娘，你推我我推你，大笑着从他身边跑开，简直是乐不可支。

他停在原地，垂头丧气。接着他蓦然猛醒，意识到手里的信，于是便展开信笺，再读一遍。

一九

圣城的节日来临，人们要把庙里的神像请上宝辇，拉着神像在城里巡行。

王后对国王说："我们去参加节日庆典吧。"

王宫上下，只有一个人没去礼神；这人的差使是搜集茅秆，做笤帚供应宫廷。

仆役总管可怜他，对他说："你可以跟我们一起去。"

这人鞠躬致谢，回答说："不成。"

这人住的那条街，是国王随从的必经之路。大臣乘着象辇路过他家，大声地招呼他："跟我们一起去，去瞻仰高坐宝辇的神！"

---

❶雪松原文为"deodar"，指原产印度等地的喜马拉雅雪松（*Cedrus deodara*）。喜马拉雅雪松为大型常绿针叶乔木，为印度教圣树之一。

这人说道:"我哪敢僭用国王的觐神之仪,表达对神的礼敬。"

大臣问道:"那你何时能再有这等福分,何时能瞻仰高坐宝辇的神?"

这人回答:"终有一日,神会亲自造访我的家门。"

大臣放声大笑,对这人说:"呆子!居然说'神会造访你的家门'!就连那人主人君,想见祂也得自己上门!"

这人说:"除了神,还有谁会来探望穷人?"

二〇

冬天已去,昼长夜短,我的小公狗在阳光下撒野,跟我的小母鹿玩得正欢。

赶集的人们围在篱边,笑看这对玩伴,看它们用两种大相径庭的语言,竭力表达心中的爱恋。

春意弥漫,新叶像火苗一般突突乱蹿。小鹿的黝黑双眼,闪出一点舞动的光焰,于是它猛一激灵，或是弯下脖颈，察看自己影子的动静，或是竖起耳朵，倾听风里的轻悄声音。

春天的消息翩然而至，随着浪游的和风，随着四月的天空里，无处不在的窸窣声息，无处不在的闪烁光影。它歌唱远古岁月，世间第一阵青春的痛楚——那时节，第一朵花儿破蕾而出，爱抛下自己熟知的一切，去追寻未知的领悟。

一天下午，当阳光的悄悄爱抚，使余甘子❶林荫变得深沉恬静，小鹿突然飞奔而去，像一颗爱上死亡的流星。

天光渐暗，家里的灯盏次第点燃，星星闪现，夜色将田野染遍，小鹿却始终不见回还。

我的小狗呜咽着跑到我的面前，用凄楚的眼神向我发问，好像在对我说："我不明白！"

❶ "余甘子"原文为"amlak"，指叶下珠科叶下珠属小乔木余甘子（Phyllanthus emblica）。这种树原产印度等地，为印度教圣树之一，果实即佛经所称"庵摩勒果"，吃起来先苦后甜，中文故名余甘子。

可是，古往今来，又有谁能够明白？

二一

我们的巷子千回百转，仿佛她从远古时代，便启程追寻她心仪的终点，结果是左弯右拐，永远停留在迷乱的状态。

从天幕上撕下的一块碎片，像一条彩带悬在她的头顶，悬在她两边的屋子之间。"来自蔚蓝之城的姊妹"，是她对这条彩带的称谓。

只有在正午的短暂辰光，她才能看见太阳，于是她怀着明智的疑虑，问自己一个问题："这东西可是真的？"

六月的阵雨，时或使她的一线天光变得昏暝，仿佛是用素描的细笔，把亮处涂成了阴影。巷道变得泥泞滑溜，人们的雨伞磕磕碰碰。一股股急流，突然从屋顶的排水口泻落，砸得她的路面，一时间不知所措。惊魂未定的她，会认为这是造物主意存非礼，跟她搞的恶作剧。

春日的和风，在她迂曲盘绕的迷宫里晕头转向，像一个醉酒的流浪汉，在转弯拐角之处跌跌撞撞，弄得空气里满是灰尘，碎纸破布到处飞扬。于是她义愤填膺，大声叫嚷："这蠢事何等癫狂！众神都疯了不成？"

她两边的屋子，天天都吐出各种垃圾，有鱼鳞，有灰烬，有削下来的菜皮，还有烂水果和死耗子。然而，这一切从未驱使她心生疑问："为什么会有这些东西？"

她认可她路面的每一块石板，视之为理所当然，只可惜石板的缝隙，时常有小草探头窥视。于是她大惑不解："无懈可击的事实，怎容许如此添枝加叶？"

一天早晨，借着秋日阳光的触碰，她两边的屋子从噩梦中醒来，纷纷显露美丽的姿容。于是她喃喃自语："在这些屋子的背面，远处的某个地点，一定有一种无限的奇迹。"

但时间渐渐流逝，家家户户陆续起身，女佣从集市蹓跶回来，左胳膊挎着一篮子食品，右胳膊甩来甩去，厨房的油烟火气，把空气变得令人窒息。此时此刻，我们的巷子再一次恍然大悟，真实正常的世界，只包括她自己，还有她两边的屋子，以及屋子带来的，一堆堆垃圾。

二二

房子里的豪奢烟消云散，这房子还是不肯崩坍，像一个杵在路边的疯汉，身披千补百衲的布片。

恶狠狠的光阴，逐日在它身上抓出伤痕；雨季也在它裸露的砖墙，留下龙飞凤舞的签名。

房子的楼上有个废弃的房间，房间有两扇对开的门，一扇已经脱出锈蚀的铰链，颓然倒进灰尘，剩下的那扇守寡的门，便随着阵阵狂风，日日夜夜咣当不停。

一天夜里，房子里传出女人的恸哭，哭的是那个家族，最后的一个子嗣。死者是个十八岁的小伙子，生前混迹于草台戏班，靠演女角维持生计。

几天之后，房子里再无声息，所有的房门，都已锁闭。

没锁的只有北墙那个楼上的房间，那一扇孤凄的门，既不肯倒地安息，又不肯被人关紧，只顾在风里摇来晃去，像一个自我折磨的灵魂。

又过了一段时间，房子里再次荡起孩子们的声音。阳台的栏杆晾起女人的衣物，罩着的笼里传来鸟儿的啼鸣，平坦的房顶上，一个男孩在放风筝。

房子里有了一家租户，占用了几个房间。做父亲的收入微薄，孩子众多；做母亲的疲惫不堪，时常责打孩子；孩子们满地乱滚，尖声哭喊。

四十岁的女佣干着艰辛枯燥的活计，整日不得轻松。她成天跟女主人拌嘴，口口声声说要辞工，却从来不见行动。

房子里天天都有，零敲碎打的修缮。没玻璃的窗子糊了纸张，栏杆的断处接了竹片，空箱子顶住了没有门闩的大门，新刷的墙壁显得煞是光鲜，旧日的污痕，如今只是依稀可见。

豪奢往昔的盛况，本来借由萧条冷落的景象，得到了合适的纪念。但这家人没有把房子修葺一新的本钱，便想用暧昧的手段强撑门面，使得这房子的尊严，遭受了极大的摧残。

这家人忘了照管，北墙那个废弃的房间。那一扇凄惨的门，依然在风里咣当作响，仿佛是绝望女神，正在捶打她的胸膛。

二三

森林深处，苦行的修士紧闭双眼，绝欲断念，指望着修成正业，跻身天界。

拾柴的姑娘，却用裙子为他兜来水果，用树叶做的杯子，舀溪水给他喝。

时日迁延，修士愈发苛责自身，以至于果不入口，水不沾唇。见此情景，拾柴的姑娘暗自伤心。

天界之主听到传闻，说有个凡人放肆斗胆，妄想与神族比肩。天界之主曾一再挫败与他旗鼓相当的巨人族❶，不让巨人踏足天界的国土，可他对凡人心有忌惮，因为凡人的力量来自苦难。

好在他熟知凡人的秉性，于是便设下引诱的狡计，要哄骗那泥做的凡身，放弃那狂妄的尝试。

天界的微风，轻拂拾柴姑娘的肢体，于是她的青春，突然在美的迷狂中隐隐作痛，于是她的思绪，像炸窝的蜂儿一样嗡嗡不停。

时间已到，修士须得离开森林，去山洞里完成苦行。

他准备即刻登程，于是便睁开双眼；眼前的拾柴姑娘，宛如一段似曾相识的诗行，诗行里添了新的韵律，如今便显得陌生新奇。他离座起身，告诉姑娘时间已到，他须得离开森林。

"可你为何，夺去我侍奉你的机会?"姑娘问道，眼睛里噙着泪水。

修士再次落座，想了又想，留在了原来的地方。

当天夜晚，悔恨使姑娘无法入眠。她开始畏惧自己的力量，憎恨自己的情场胜仗，可她的心房，依然在狂喜的波涛里摇荡。

第二天早晨，她来向修士行礼致意，请修士为

---

❶ "神族"和"巨人族"可参看《云发与天乘》中的相关注释。

她祝福，因为她必须离去。

修士默默地凝视她的脸庞，然后说道："去吧，愿你得偿所望。"

此后他独坐多年，直至功行圆满。

神族之主降落凡尘，说他已赢得天界的位分。

他回答说："天界不再是我的向往。"

神王问他，是否希求更大的报偿。

"我想要拾柴的姑娘。"

二四

传言说织工卡比尔[1]得到了神的眷顾，人们便在他身边聚集，乞求他施展医术，显示神迹。卡比尔却为此苦恼不堪，因为他原本凭借卑微的出身，享有默默无闻的莫大福分，长年与诗歌和神为伴，隐遁的生活日臻美满。如今他只能祈祷，这福分去而复返。

祭司们嫉恨这贱民的声望，便串通一名娼妓，要让他名誉扫地。正当卡比尔走进市集，售卖他纺织的布匹，这女子一把抓住他的手，谴责他无情无义，然后又尾随他回家，说她绝不会任人抛弃。卡比尔暗自心喜："神用祂高妙的法子，回应了我的祷祈。"

没过多久，这女子感到一阵恐惧的颤抖，于是便跪倒在地，高声乞求："救救我吧，将我的罪孽洗清！"卡比尔回答说："敞开你的生命，迎接神的光明！"

卡比尔一边织布，一边吟唱。他的歌曲汨汨流淌，洗去女子心里的污点，又在女子的甜美歌喉里收获报偿，找到新的家园。

有一天，国王一时兴起，宣召卡比尔入宫献歌。卡比尔摇头拒绝，使者却赖在他家不敢离去，直到完成主上的差使。

---

❶ 卡比尔（Kabir）是十五世纪的印度诗人及圣人，出身于织工家庭，印度有很多关于他的传说。泰翁曾把卡比尔的许多诗歌译成英文，并于 1915 年出版他英译的《卡比尔诗歌百首》(*One Hundred Poems of Kabir*)。

卡比尔上殿之时，国王和群臣大吃一惊，因为他并非独自前来，女子也随他同行。一些大臣莞尔而笑，一些大臣紧蹙眉心，眼见这穷鬼倨傲无耻，国王的脸上满布阴云。

卡比尔狼狈归家，女子扑倒在他的脚边，大声哭喊："主人啊，你何苦为我领受这等羞辱？由得我自生自灭，回头去过可耻的生活吧！"

卡比尔说道："当我的神，带着耻辱的烙印到来，我可不敢，将祂拒之门外。"

二五
索玛卡与梨特维克❶

（国王索玛卡的魂灵乘着云车前往天堂，途中遇见路边的一群魂灵，梨特维克的魂灵也在其中。在生之时，梨特维克是索玛卡的大祭司。）

画外音：陛下，您这是要去哪里？

索玛卡：谁在说话？这污糟的空气叫人睁不开眼，我什么也看不见。

画外音：下来吧，陛下！走下那去往天堂的

云车。

索玛卡：你是谁？

画外音：我是梨特维克，还在阳世的时候，我是您的国师，也是您的大祭司。

索玛卡：师傅啊，世间所有的泪水，似乎都流到这里变成蒸汽，聚成了这一片，混沌迷茫之域。你怎么会在这里？

众魂灵：这座地狱，正好在去天堂的路边；天堂的光辉，从这里隐约可见，可那只是提醒我们，天堂高不可攀。日日夜夜，我们听着天堂的云车，载负着其他魂灵，驶向那极乐世界。车声隆隆，将我们的睡意驱散，迫使我们妒火空燃，望眼欲穿。远远的下方，阳世的古老森林簌簌作响，阳世的海洋声声吟唱，唱着那赞美造物的远古诗行——那些声响好似记忆的哭号，徒然在虚空里游荡。

梨特维克：下来吧，陛下！

❶这部短剧是泰翁根据《摩诃婆罗多》当中的神话故事情节编写的。

众魂灵：请您在我们身边，稍作盘桓。您身上依然沾满，阳世的泪滴，就像那未干的露水，残留在新采的花枝。您带给我们，草地与森林的混合气息，妻孥与友朋的温馨记忆，还有那春秋冬夏，妙不可言的乐曲。

索玛卡：师傅啊，你缘何身罹重责，堕入这阴惨窒闷的世界？

梨特维克：因为我将您的儿子，投进燔祭的火堆——正是那桩罪孽，使我的灵魂沦入幽昧。

众魂灵：陛下啊，恳请您为我们，讲一讲其中究竟。事到如今，听人家叙说罪行，依然能让我们的沉沉死气，迸发生命的火星。

索玛卡：我生前是毗提诃的国王，名叫索玛卡。一个个心力交瘁的年头，我向数不清的神祠献祭，最终才在迟暮之年，得到一个儿子。我对儿子的爱，像一股不合时令的暴涨洪水，冲走我生命之中，其他的一切考虑。他把我彻底遮蔽，像莲花掩住莲枝；荒废的政务堆积如山，可耻地摞在我御座之前。有一天我坐朝听政，却听见王后房里传来儿啼，于是我即刻离座，直奔后宫而去。

梨特维克：当时我刚刚上殿，来向他献上每日的祝福，可他急慌慌把我搡到一边，使得我十分恼怒。等到他满脸羞惭地回返朝堂，我便问他："陛下啊，您在政务最忙的时辰跑进后宫，撇下您的尊严与责任，撇下友邦的使节，撇下告御状的冤民，撇下等着与您商议要事的群臣，到底是因为，什么样的迫急警讯？到底是什么警讯，竟至于让您觉得，婆罗门的祝福无足重轻？"

索玛卡：闻听他的诘责，我不由得怒不可遏，可我即刻踩灭心中的怒火，像踩扁昂头的毒蛇。于是我恭恭敬敬地回答："我只有这一个子嗣，所以才心神不宁。原谅我这次的怠慢，我保证改过自新，父亲对儿子的溺爱，不会再侵扰君王对子民的责任。"

梨特维克：可我的心里怨气未消，于是说道："若是您非要摆脱一脉单传的诅咒，我倒有办法替您解忧；可惜这法子实在艰难，我看您肯定无法照办。"我这话伤损国王的自尊，他立刻站起身来，高声说道："我以一切神圣的事物立誓，以刹帝利和君王的身份立誓，无论你要求我做些什么，无论你的要求如何艰难，我绝不退缩，保证照办。"于是我说："那您听着，您必须点燃燔祭的火焰，把您的儿子烧给上天，升腾的黑烟会让您瓜瓞绵绵，像乌云带来丰沛雨点。"国王垂头不语，群臣惊叫连连，殿上的其他祭司，捂着耳朵叫喊："这等言语，出口便是罪孽，入耳也是罪孽。"国王惊惶失措，半晌才平静地说："我已立誓，自当践履。"

祭日来临，祭火点燃，大街小巷空无一人。国王命人唤来孩子，侍者却不肯动身，士兵也公然抗命，将武器与职守一并丢弃。

这之后，我这个六根清净的觉悟之人，我这个看破七情的豁达之人，亲自去内庭拿取祭品。我看见后宫女眷围住孩子，用她们的臂膀充当篱笆，好似一根根凛凛慑人的枝杈，守护着一朵鲜花。孩子见了我，立刻伸出渴望的双臂，挣扎着扑向我，巴不得逃出那爱的牢狱。

我一边高喊，"我来是为了给你真正的解脱"，一边使出蛮力，把孩子抢到手里，甩开他行将晕厥的母亲，甩开他绝望哭号的保姆。火舌战栗着舔舐天空，国王站在祭火旁边，一动不动，一声不出，像一棵被闪电劈死的大树。孩子看见那神圣堂皇的烈火，高兴得像是着了魔，一边咿咿呀呀地欢叫，一边在我怀里跳舞，等不及投向那无拘无束的辉煌火焰，去找一位不知名姓的保姆。

索玛卡：别说了，别再说了，我求你了！

众魂灵：梨特维克，收留了你这样的人物，地狱都蒙羞受辱！

云车驭手：这里可不是您待的地方，陛下！您又不是罪有应得，用不着在这里倾听，一桩令地狱哀恸战栗的罪行。

索玛卡：别管我，赶着你的云车上路吧！——婆罗门啊，我该待的地方，就在这地狱之中，就在你的身旁。众神也许忘记了我的罪孽，可我怎么能够忘记，我的孩子在那个可怕的时刻，在意识到父亲出卖了他的那个时刻，脸上那痛苦惊愕的最后神色？

（审判魂灵的阎罗王上）

阎罗王：国王，天堂在恭候你的光临。

索玛卡：不，天堂不属于我。我杀了亲生的儿子。

阎罗王：你因此承受的巨大痛苦，已将你的罪孽涤除。

梨特维克：不行，陛下，您不能独往天堂安身，那等于是为我，再造出地狱一层，让地狱之火和我对您的仇恨之火，同时焚烧我的灵魂！留在这里吧！

索玛卡：我会留在这里。

众魂灵：还会用灵魂的胜利，为地狱里的绝望和可耻磨难，戴上王者的冠冕！

二六

此人没做过有用的事情，只做下千般万种，荒唐怪诞的行径。

他发现自己往生极乐，自然是惊异莫名，因为他明知自己，为雕虫小技耗尽一生。

原来是引路天使出了差错，领他在错误的乐园安身——这乐园本来只属于，忙碌安分的灵魂。

在这个乐园里，我们的主人公沿路闲逛，结果却只是，妨碍他人的奔忙。

他闪到路旁，便有人警告他，别踩在撒了种的地方。

推他一下，他如梦方醒；搡他一把，他举步前行。

一位十分忙碌的姑娘，跑来井边汲水；双脚在路面倏起倏落，像手指在琴弦上迅疾翻飞。她急急忙忙拢起头发，绾出个马马虎虎的发髻，没绾好的刘海耷拉下来，刺探她乌黑眼眸里的秘密。

此人对她说："可否借你的水罐一用？"

"借我的水罐？"姑娘问道，"你要打水？"

"不是，要给它画点儿图案。"

"我耽误不起工夫。"姑娘一口回绝，不屑一顾。

说起来，忙碌的灵魂遇上闲极无聊的灵魂，可没有招架的本领。

她天天都会在井边碰见他，他天天都提出同样的请求，最后她只好接受。

我们的主人公拿起水罐，画上纷乱神秘的线

条，涂上稀奇古怪的色彩。

姑娘接过水罐，左看右看，开口问道："这图案有什么意义？"

他回答道："什么意义也没有。"

姑娘把水罐带回家里，对着各种光线细细察看，竭力揣度其中奥秘。

夜里她起床下地，点起灯盏，从各个角度审视水罐。

破天荒第一次，她碰上了没有意义的东西。

第二天，此人又等在井边。

姑娘问道："请问你有何贵干？"

"我想再为你做件事情。"

"什么事情？"姑娘又问。

"容我用彩线为你编条带子，你好用它将头发束起。"

"有什么必要吗？"姑娘继续追问。

"没有任何必要。"此人爽快承认。

带子编成。从此以后，姑娘为头发煞费苦心，消耗许多光阴。

乐园的光阴本来物尽其用，流淌如平滑的织锦，如今却渐渐显现，不规则的裂痕。

长老们心生疑虑，集会商议。

引路的天使，坦承自己的过失，说他将错误之人，领来了错误之地。

长老们传召错误之人；来人的头巾缤纷耀目，让人一望而知，当初的错误何等离谱。

为首的长老说道："你必须回返尘世。"

此人如释重负，长吁一口气："我可以即刻离去。"

用带子束起头发的姑娘，愣生生插了一句："我也是!"

破天荒第一次，为首的长老迎头碰上，一个没有意义的难题。

二七

传言说森林之中，靠近河湖会合之地，住着些乔装改扮的仙女，只有在她们飞去之后，凡人才认得清她们的本相。

王子走进森林，来到河湖会合之地，看见岸边坐着一个村姑，正在搅起涟漪，好让那水中的睡莲，起舞翩翩。

王子轻声探问："告诉我，你是哪位仙女？"

闻听此言，姑娘放声大笑；四围的山坡，纷纷用笑声应和。

王子心想，她一定是瀑布仙女，那位爱笑的仙女。

听说王子娶到仙女，国王即刻派出人马，把他们接回宫里。

王后看见新娘，嫌恶地转开了脸；公主气急败坏，双颊腾起火焰；宫女们嘀嘀咕咕，仙女难道是这种打扮？

王子悄声说道："嘘！这是我娶来的仙女，乔装改扮的样子。"

到了一年一度的节日，王后吩咐王子："亲戚们要来看仙女，叫你的新娘好生留意，不要在亲戚面前，丢了我们的脸。"

王子对新娘说："念着我爱你的情分，请你向我的家人，显露你的真身。"

新娘默坐良久，点头应允，可她的双颊，却有泪珠滚滚。

满月当空，王子身着婚礼的盛装，走进新娘的卧房。

房里空无一人，只有一缕穿窗的月光，斜斜地落在寝床。

国王和王后，领着亲戚们拥入卧房，只有公主留在门旁。

大家都在问："哪儿是我们的仙女新娘？"

王子答道："她已经永远消逝，好让你们看见她的本相。"

二八

迦尔纳与贡蒂[1]

（般度王后贡蒂婚前育有一子，名叫迦尔纳。为掩盖未婚生子的羞耻，贡蒂抛弃了刚出生的迦尔纳。养大迦尔纳的是一个名叫升车的车夫，升车对迦尔纳爱如己出。长大之后，迦尔纳成了俱卢大军的统帅。）

迦尔纳：我是迦尔纳，车夫升车的儿子，我在这神圣恒河的岸边端坐，为的是礼拜西下的落日。告诉我，你是何人。

贡蒂：你礼拜落日的光明，我是那让你得见日光的女人。

迦尔纳：你的话语我不明白，你的眼神却融化我的心，就好像朝阳的亲吻，化开那积雪的山顶，而你的声音，也让我心中莫名伤感——这伤感的原因，多半出现在我有记忆之前。陌生的女人啊，告诉我，我的身世，与你有什么样的隐秘关联？

贡蒂：别急，我的孩子。等黑夜垂下眼帘，遮住白昼的窥探眼睛，我自然会为你解答，你心中的疑问。眼下呢，你知道我是贡蒂就行了。

迦尔纳：贡蒂！阿周那的母亲？

贡蒂：是的，我是你对头阿周那的母亲。这事情不容否认，可你千万别闻言色变，对我心生怨恨。我至今记得象城比武那天，你这个籍籍无名的少年，雄赳赳踏进校场，好似那夜空繁星之间，晨曦的第一抹光线。唉！帘子后面的王家女眷当中，坐着一名心酸的女子，眼睛里盈满为你祝福的泪水，用目光亲吻你袒露的修长躯体，你可知这名女子，到底是哪一位？

❶这部短剧是泰翁根据《摩诃婆罗多》当中的神话故事情节编写的，人物译名取自中国社会科学出版社的《摩诃婆罗多》中译本。相关故事情节略述如下（《母亲的祈祷》中的情节与本篇情节有关，可参看该篇及注释）：贡蒂（Kunti）是贡提王（Kuntibhoja）的养女，后来嫁给般度王。出嫁之前，贡蒂得到了召唤天神降子的法术，在试验法术的时候召来了太阳神苏利耶（Surya），由此生下一个儿子，也就是迦尔纳（Karna）。贡蒂不知所措，抛弃了迦尔纳，俱卢王持国的车夫升车（Adhiratha）收养了迦尔纳。迦尔纳成长为武艺超群的英雄，但他不知道自己的身世，因此与俱卢王子难敌成为挚友，并在俱卢族与般度族的决战当中成为俱卢族的主将。俱卢族最终战败，迦尔纳死在同母异父的弟弟阿周那（Arjuna）手里。剧中的事情发生在两族大战的前夕。

128

还能是谁，不就是阿周那的母亲！

这之后，精通武艺的慈悯大师走上前去，开口说道："卑贱人家的子弟，无权与阿周那比武竞技。"你站在那里不言不语，像日落时的滚滚雷云；你心中窒塞的痛苦，迸发电光隐隐。可你的羞愤点燃一名女子的心，使它在沉默中烈焰飞腾，你可知这名女子，到底是哪一位？

阿周那的母亲！

多亏了难敌慧眼识人，当场封你为盎伽之王，由此将一员猛将，招进俱卢族的营帐。眼见得喜从天降，车夫升车从人群里冲入校场，而你即刻跑到他的面前，将你的王冠供在他的脚边，般度族的亲党对你百般嘲笑，你只当没有听见。般度王室的一名女子，却为你喜不自禁，赞叹这无比的谦逊，赞叹这盖世的豪情——这女子不是别人，正是阿周那的母亲！

迦尔纳：可是，般度五王❶的母亲啊，你为何独自来到这里？

贡蒂：我是来乞求一个恩典。

迦尔纳：请你只管吩咐，但凡这恩典不辱没

男子汉的气概，不辱没我刹帝利的尊严，我一定将它，奉献在你的脚边。

贡蒂：我是来带你走的。

迦尔纳：带我去哪里？

贡蒂：我的孩子啊，我是要带你去我的胸怀，因为它渴望你的爱。

迦尔纳：你贵为五位勇武君王的幸运母亲，我只是一名出身微贱的小小头领，你的胸怀里，如何还能有我的位置？

贡蒂：你的位置，排在我其他儿子之前。

迦尔纳：我凭什么得到这样的位置？

贡蒂：就凭你得到母爱的神授权利。

迦尔纳：昏暝的暮色铺满大地，寂静在水面安然歇息，你的声音带我回到我最初的世界，回到我朦胧的意识里，失落的襁褓时节。无论这是虚妄的梦幻，还是湮没事实的残痕，都请你走到近前，用右手抚摩我的头顶。外间确有传言，说我是被母亲

---

❶"般度五王"即"般度五子"（参见《母亲的祈祷》中的相关注释）。《摩诃婆罗多》的行文对"王子"和"国王"没有严格的区分。

遗弃的野孩子；我也曾在无数个夜晚，梦见母亲来到我的身边。只可惜，每当我在睡梦中大声呼唤："揭开你的面幕，让我看看你的慈颜!"母亲的身影，立刻便消失不见。难道说今天傍晚，我竟然在清醒时分，走进了同样的梦境？

你看看对面的河岸，你儿子的营帐已是灯火辉煌，再看看这边的河岸，看看我俱卢大军的营房，一座座穹庐，好似一个个凝固的波浪，汇聚成一片，被魔咒定住的狂暴海洋。此时此刻，明日大战的喧嚣尚未来临，在这片注定变成战阵的原野，依然只有可怕的寂静，可你的声音，为何让我忆起忘却的母爱，尽管你不是旁人，正是我对头阿周那的母亲？为何你呼唤我名字的声音，会有如此动听的旋律，竟使我心旌动摇，想投奔阿周那兄弟？

贡蒂：我的孩子啊，那你就别再迟疑，跟我走吧!

迦尔纳：好的，我这就随你动身，绝不踌躇，绝不追问。我的灵魂，应和着你的召唤；对我来说，争名斗胜的鏖战，还有那熊熊的仇恨之火，突然间变得虚假空幻，好比黑夜里的癫狂梦魇，在宁谧的黎明烟消云散。告诉我，你要带我去哪里？

贡蒂：我要带你去河的对岸，去投奔那一片，照彻惨白沙滩的灯火。

迦尔纳：我能在那里找到失散的母亲，再不会与她离分？

贡蒂：噢，我的儿子！

迦尔纳：既是如此，当初你为何把我遗弃，将我从先祖的土地连根拔起，使得我流落他乡，在耻辱的洪流中漂泊无依？你为何在我和阿周那之间，划出一道无底的鸿沟，使我俩与生俱来的手足情分，蜕变为纠缠不解的大恨深仇？你哑口无言，你的羞耻弥满无边的黑暗，使得一阵阵看不见的寒战，把我的全身贯穿。别理会我的问题，用不着给我答案！用不着向我解释，当初是什么驱使你狠下心来，夺走你亲生儿子的母爱！只需要告诉我，今天你为何唤我回去，去往那已成瓦砾的天堂，去往你亲手造就的废墟！

贡蒂：可怕的诅咒与我如影随形，比你的谴责还要致命，因为我虽然有五个儿子的陪伴，我的心却枯萎凋零，像一个绝子绝孙的孤苦女人。遗弃我头生儿子的悔恨，如同一道填不满的裂缝，将我生命中所有的欢愉，吞噬得一干二净。在我背弃母性的那个不祥日子，你无法开口抗议；如今你无情无义的母亲，求你说几句宽宥的话语。让你的仁恕之火焚烧她的心，烧尽她心里的罪孽吧。

迦尔纳：母亲啊，请收下我的泪水！

贡蒂：我这次来，并不奢望你回到我怀里，只希望帮你拿回，你应有的权利。走吧，去和你的兄弟们同享，身为王子的荣光。

迦尔纳：车夫之子才是我的本色，我并不贪求名门的显赫。

贡蒂：即便如此，你还是跟我去吧，去收回你的王国，那是你应得的东西！

迦尔纳：当初你把我抛开，拒绝给我母爱，如今便非得多此一举，用王国来引我回去？当初你齐根砍断，生机勃勃的天伦之树，如今它早已凋残，再不会生长复苏。我若是背弃车夫茅檐下的自家母亲，忙不迭认下般度五王之母，那才是我的奇耻大辱！

贡蒂：你可真了不起，我的儿子！神给我的惩罚，竟在我不知不觉之中，从一粒小小的种子，长成了巨柏乔松！一个母亲不认的无助婴孩，已穿越世事的黑暗迷宫，变身为一名堂堂男子，跑回来毁灭他的弟兄！

迦尔纳：母亲，不必担心！我心里一清二楚，胜利在等待般度一族。这夜晚宁静安和，我的心却盈满哀歌，这哀歌唱的是无望的争战，唱的是惨淡的结果。别要求我临战抽身，抛弃注定失败的人们。就让般度族赢得王座，既然他们非赢不可；我愿与穷途末路之人，共担灾祸。在我出生的夜里，你把我狠心抛弃，任由无衣无履无名无姓的我，去承受耻辱的折磨；如今我请你收起怜惜，再一次把我抛弃，任由我安然等待，失败与死亡的到来！

二九

当山溪像一柄光闪闪的弯刀，被黄昏收进暗沉沉的刀鞘，头顶的天空，突然掠过一群飞鸟。一双双翅膀纵声大笑，推动鸟群疾速向前；飞翔的队列像离弦的箭矢，穿行在群星之间。

这队列使得静止万物的心房，燃起对速度的渴望；群山隐约察觉，自己胸中藏着雷云的苦恼；树木也满怀企盼，想挣脱树根的脚镣。

这飞翔的队列，为我撕开世界的静止面幕，揭示这深沉岑寂之中，铺天盖地的奋蹄鼓翼。

我看见山峦和树林飞越光阴，奔向未知的永恒；我看见飞掠的繁星震动黑暗，让黑暗腾起火焰。

我感觉我生命的深处，涌起越洋飞鸟的激情，这激情为我开辟，超越生死的路径；我听见流徙的世界，用千万个声音催我前行："不在此地，在别处，在远方的怀抱里。"

三〇

众人在惊叹中倾听，年轻歌手卡希的歌声。他的嗓音像一柄弄巧炫技的宝剑，在解不开的乱麻当中翻跹，将乱麻斩成碎片，飘飘然腾入云天。

年迈的君王普拉塔普坐在听众席上，耐着性子等巴拉吉拉出场，因为巴拉吉拉的歌声曾滋养他的生命，绕着他的生命流转，像潺潺的河水为幸运的土地，镶上美丽的花边。他那些雨潺潺的黄昏，还有秋天里的宁谧辰光，曾借由巴拉吉拉的嗓音，向他的心灵诉说衷肠；他那些节庆夜晚，曾伴随巴拉吉拉的歌声，挂起五彩的灯盏，摇响丁当的铜铃。

卡希停下来休息的时候，普拉塔普微微一笑，冲巴拉吉拉挤了挤眼睛，低声说道："大师啊，给我们听点儿真正的音乐吧，你可别给我们，唱这种时新的歌谣——它活像一群顽皮的小猫，围着吓呆了的老鼠乱跳。"

老歌手裹着洁白无瑕的头巾，向听众深施一礼，坐进了乐师的专席。他用瘦伶伶的手指拨弦奏乐，闭上双眼开始唱歌，唱得犹犹豫豫，畏畏缩缩。厅堂宏敞，歌声细弱，普拉塔普格外夸张地喊了一声"好!"跟着却凑到老歌手的耳边，悄声说道："朋友啊，大声一点!"

人群骚动起来，有的人哈欠连连，有的人打起了盹，还有人抱怨天热难堪。厅堂里满是各种分心走神的杂音，嗡嗡嗡响成一片，歌声则如同一只单薄的小船，在喧哗的波涛里徒然挣扎，终于沉没在波涛之下。

老歌手黯然心伤，突然忘记了一段歌词；他的声音在痛苦中摸索，像一个身处闹市的盲人，竭力寻找他走散的向导。他想要即兴弹一段间奏，补上那歌词中的缺口，缺口却咧着大嘴不肯合上；勉力拼凑的乐曲也不肯为他效劳，反倒在突然之间走板荒腔，化作一阵抽抽答答的哀号。老歌手垂下头颅，伏倒在乐器上面；他不再理会忘却的音乐，爆发出初生婴儿的第一声哭喊。

普拉塔普轻轻拍了拍老歌手的肩膀，开口说道："走吧，我俩应该去别的地方欢聚。朋友啊，我完全明白，真若是离开了爱，便尝到丧偶的孤苦；美不在大庭广众之中，也不是瞬间的产物。" ❶

三一

在世界的年青时代，喜马拉雅啊，你冲出大地那撕裂的胸膛，向太阳发起挑战，投出一柄又一柄燃烧的矛枪，投出一座又一座山峦。成熟的时刻最终来临，你告诉自己："够了，到此为止！"你火热的心灵静静伫立，向无限致意敬礼，因为它看清自

己的局限，不再渴求流云的不羁。你的激情已得克
制，美便在你的胸腔自由嬉闹，信任也用百鸟千花
的欣喜，将你重重围绕。

如今你孑然独坐，像一位伟岸的学者，膝头
摊着古老的书籍，摊着无数石质的书页。谁能告诉
我，书上记载着什么故事？是不是神圣的苦行者湿
婆，与神圣爱人婆伐尼的那场永恒婚礼？❷是不是
可怖者❸，求取柔弱者之力的那场戏剧？

❶在这首诗的孟加拉文版本中，老歌手对普拉塔普说了这么一番
道理：唱歌不是歌者一个人的事情，需要两个人共同完成。歌者
用喉咙唱，听者用心灵唱，好比河水必须冲到河岸，才能发出舒
心安神的涛声，林间的清风必须吹到树叶，才能发出欷歔的低吟。

❷根据印度神话，婆伐尼（Bhavani）是湿婆之妻雪山神女（Parvati）
的化身之一，是自然生长力量的象征。湿婆曾在喜马拉雅山附近
的冈底斯山冈仁波齐峰苦行修道，誓不婚娶。雪山神女是喜马拉
雅山的女儿，通过苦行打动湿婆，最终与湿婆举行了众神列席的
盛大婚礼。

❸湿婆是毁灭及转化之神，"可怖者"（the Terrible）是湿婆的称
号之一。

三二

大地啊，我感觉我的心，会在我向你道别的时分，将它自己的色彩，融入你所有的风景。属于我的一些乐音，会让你四季的旋律更加宛转；我的思绪会化作无名的轻风，吹进你日光与暗影的无尽循环。

遥远的未来，夏日会降临爱侣们的花园，可他们不会知晓，我写下的诗篇，已经使他们的花朵分外娇艳，我对这世界的爱，已经使他们对世界爱意更添。

三三

我的双眼，感受到天空的深邃宁谧；我的全身阵阵颤栗，感受到高擎叶杯的大树，接取阳光的欣喜。

一缕情思，在我心间悠然升起，好比阳光之下，草叶的温暖呼吸。这情思混入拍岸的水波，那咯咯的笑语，混入穿过村巷的风儿，那倦乏的叹息。这情思让我省觉，我与这世界里的全体生命，始终相依相守，我已向世界呈奉，我自己的爱与哀愁。

三四

我不会为我唱给你的歌，索取任何酬谢。我只愿它们留存整夜，直到黎明惊觉朝阳的脚步，直到黎明像牧女一般，吩咐群星让出道路——若能如此，我便会心满意足。

但你也曾在某些时刻，为我唱起你的歌，而我的自豪告诉我，我的诗人啊，你一直都会记得，我曾经侧耳聆听，为你倾心。

三五

朝露在草叶上熠熠生辉，你走来推了推我的秋千，可我的笑容瞬间变成泪水，因为我认不得你的容颜。

之后是阳光灿烂的四月正午，我觉得你曾招手示意，叫我跟随你的脚步。

我正要细细端详你的脸，眼前却走来次第开放的千红万艳，走来迎着南风放歌的男男女女，挡在了你我之间。

我天天在路上与你相遇，天天与你失之交臂。

但在有些日子里，当夹竹桃的淡香盈满空气，当风儿执拗地吹动，簌簌抱怨的棕榈叶子，我会站在你的面前，暗自寻思，你会不会是我，从未生疏的旧识。

三六

日光渐暗，昏暝岑寂的天空边缘，早出的昏星踟蹰不前。

我回望身后的道路，只见它偃卧不言，仿佛离我无限遥远。它沿着我的生命延伸，只承载过唯一的一趟旅程，它永远不会迎来，第二个旅人。

记述我此行经历的漫长故事，化作一条迂曲蜿蜒的尘土之线，暗哑地躺在道路中间，从清晨的山巅，伸到无底黑夜的边缘。

我孑然独坐，暗自寻思，不知道身后的这条道路，是不是一件乐器，是不是正在等待夜幕降临，等待那神圣手指的触碰，好用乐音来倾诉，失语白昼的心声。

三七

请赐我爱的至大勇气，这便是我的祷词。请赐我勇气，使我敢言敢行，敢于依你的意愿忍受磨折，敢于弃绝世间万物，敢于面对世间万物的弃绝。请以危殆的使命砥砺我的意志，以痛苦增添我的荣誉，请帮助我的心灵，攀上那日日向你奉献的险峻高地。

请赐我爱的至坚信念，这便是我的祷词。请赐我信念，使我信赖死亡中的生命，信赖挫败中的胜利，信赖最脆弱的美蕴含的力量，信赖那忍受伤害不屑报复，痛苦中的尊严。

三八

译自尼亚纳达斯❶的印地语诗歌

（一）

问：我的小鸟啊，你归巢过夜之时，你的歌在哪里？

难道你没有把你的欢乐，全部装进巢窠？

是什么让你倾心天宇，那无疆无界的天宇？

答：当我在疆界之内安歇，只觉得别无所求；当我飞进那无疆的浩瀚，才找到我的歌喉。

（二）

问：信使啊，你与晨曦同来，身披金色霞彩。

日落之后，你的歌声笼上凝重肃穆的色调，好似苦行修士的灰袍。

待到夜幕降临，你为我捎来书信；信里的璀璨文字，铺满黑暗的信纸。

你为何要用，如此盛大的铺陈，来打动这一颗，如此渺小的心？

答：节庆的厅堂雄伟壮丽，正在恭候唯一的嘉宾，这嘉宾就是你。

所以这广袤诸天，写满了给你的请柬，所以我这个自豪的仆役，要用无比隆重的仪式，把请柬送给你。❷

（三）

我整日兼程，筋疲力尽；我向你依然遥远的壮丽殿宇，低头致敬。

夜色渐深，燃烧的企盼啃啮我的心。

我的歌词浸透哭号的痛苦，无论我唱出怎样的字句，因为我的歌曲，同样满怀焦渴的希冀。

噢，我的情人，我的心爱，我盖世的至宝啊！

❶尼亚纳达斯（Jnanadas）为十六世纪印度诗人，曾以大量诗歌叙写克利须那与牧女拉达（Radha）的爱情。

❷泰翁曾在演讲及随笔集《创造的和谐》（*Creative Unity*，1922）当中如是解说这首诗："人不是偶然游荡在世界宫殿门前的区区看客，而是应邀赴宴的嘉宾，只有在人到场列席之后，宫殿里的盛宴才能获得它唯一的意义……信使的回答……使得诗人明白，成行成列的沉默繁星，是在传达神亲自向个体灵魂发出的邀请。"

正当时间凝滞，仿佛在黑暗中迷失，

你放下权杖，将鲁特琴拿在手里。

你奏出至美至善的乐章，我的心放声歌唱；

噢，我的情人，我的心爱，我盖世的至宝啊！

噢，是谁伸出双臂，把我揽在怀里？

必须舍弃的一切，让我痛快舍弃；必须担承的

一切，让我毅然担承。

只愿你容许我，与你同行；

噢，我的情人，我的心爱，我盖世的至宝啊！

你不时走下，你巍峨的接见厅堂，

惠然光降，走进世间的欢喜与哀伤。

你藏身于所有的形体，所有的甜蜜，藏身于

爱，在我心里唱起你的歌曲；

噢，我的情人，我的心爱，我盖世的至宝啊！❶

---

❶泰翁在《创造的和谐》当中完整引用了这首诗，字句与《游女集》收录的版本略有不同。考虑到《创造的和谐》出版时间在《游女集》之后，译文借鉴了《创造的和谐》引用的版本。